LA MARE AU DIABLE

DU MÊME AUTEUR

Dans Le Livre de Poche :

LA PETITE FADETTE.
FRANÇOIS LE CHAMPI.

GEORGE SAND

La Mare au Diable

PRÉFACE, COMMENTAIRES ET NOTES
DE PIERRE DE BOISDEFFRE

LE LIVRE DE POCHE

PRÉFACE

S<small>ELON</small> son biographe, Wladimir Karénine[1], George Sand
aurait écrit *La Mare au Diable* « au temps des semailles »,
c'est-à-dire à l'automne de 1844. P. Salomon et J. Mallion
penchent pour l'automne 1845. Peu importe ! Le roman fut
écrit à la fin de septembre à Nohant, entre *Le Meunier d'Angibault* et *François le Champi*.

George Sand venait de passer la quarantaine, étape redouta-
ble pour une femme, surtout à cette époque, et surtout pour un
auteur qui ne se contentait pas d'écrire des histoires d'amour
mais qui tenait, avant tout, à les vivre. Afin de justifier ses
aventures, elle avancera plus tard cette explication : « Pour
être romancier, il faut être romanesque, comme il faut être
lièvre pour devenir civet. » Mais George était *naturellement*
romanesque, comme on pouvait l'être au temps échevelé du
romantisme.

Elle avait, d'ailleurs, de qui tenir.

Cette Amandine Aurore-Lucile Dupin qui naît à Paris le
1ᵉʳ juillet 1804, est vraiment l'enfant de l'amour, promis à ses
risques et à ses tempêtes. L'aventure est son berceau; tous ses
ancêtres, ou presque, enfantés dans l'adultère, dans l'anonymat
de l'alcôve, sont nés du hasard. « On compte, parmi ses ancê-

1. *Cf.* Indications bibliographiques.

tres, un roi, une princesse, un maréchal de France, une fille d'Opéra, une marchande d'oiseaux. » Lorsque naît Aurore, ses parents viennent à peine de régulariser leur liaison, et sa grand-mère n'a pas encore renoncé à faire annuler le mariage de son fils. De sa mère on ne sait rien, sinon que Maurice Dupin, fils naturel de la fameuse Marie-Aurore de Saxe, l'a tirée du lit d'un général de l'armée d'Italie. George Sand dira seulement que Sophie-Victoire Delaborde était « de la race vagabonde et avilie des Bohémiens de ce monde [...] danseuse, moins que danseuse [...] lorsque l'amour du riche vint la tirer de cette abjection pour lui en faire subir de plus grandes encore ».

Aurore est la chance de sa mère. Avant même d'être née, elle permet à Sophie-Victoire de se faire épouser. Mais à peine a-t-elle mis Aurore au monde que Sophie s'en désintéresse; elle file à Paris, confiant sa fille aux soins de sa grand-mère, la vieille Mme Dupin. Plus tard, lorsque Sophie lui reprochera les cancans de La Châtre sur ses rapports avec Stéphane Ajasson de Grandsagne, Aurore aura beau jeu de répondre : « M. de Grandsagne [m'a] donné des leçons dans ma chambre : où voudriez-vous que je reçusse les personnes qui me viennent voir ? [...] Vous voudriez que je prisse pour m'aller promener le bras de ma femme de chambre [...]? Les lisières m'étaient nécessaires dans mon enfance [...] mais j'ai dix-sept ans et je sais marcher. » Qui pourrait lui donner tort ?

Aurore était devenue entre-temps « une brune d'une jolie taille et d'une figure agréable », élevée à Nohant par une grand-mère qui ne la comprenait pas. Mme Dupin avait eu le tort de lui dévoiler, lorsqu'elle avait quatorze ans, les turpitudes maternelles. Incapable de l'instruire, elle avait fini, en désespoir de cause, par la confier aux *Augustines anglaises*.

La romantique Aurore attendait l'amour. Elle l'attendait sous les traits d'un « juste ». « Le juste n'a pas de fortune, pas de maison; ses serviteurs sont ses amis, s'ils en sont dignes. Son toit appartient au vagabond, sa bourse et son vêtement à tous les pauvres, son temps et ses lumières à tous ceux qui les réclament... » Hélas ! il n'y avait pas de « juste » dans la bourgeoisie berrichonne, les convenances et les intérêts — surtout les intérêts — réglaient les mariages; tout n'était que « mensonge, fourberie ou vanité, trahison ou préjugé ».

A défaut d'un « juste », Aurore se serait contentée d'un poète, ou tout au moins d'un homme capable de « jeter un peu de poésie sur les faits de la vie animale ».

Elle avait peur, non de l'autre sexe, mais des réalités du mariage. Pour son malheur, sa grand-mère morte, elle n'a trouvé que ce sot de Casimir Dudevant qui ne savait que chasser, bâfrer, dire des gauloiseries et comme beaucoup d'hommes, faisait l'amour sans le moindre souci d'éveiller les sens de sa femme.

« Rien n'est affreux comme l'épouvante, la souffrance et le dégoût d'une pauvre enfant qui ne sait rien et qui se voit violée par une brute », écrira plus tard George Sand, songeant à sa nuit de noces. Mariée et mère d'un petit garçon, Aurore ignorait tout du plaisir; or, elle avait besoin d'aimer et découvrait avec tristesse qu'elle ne pouvait aimer Casimir — l'aimer d'amour. Elle arrivait à cet âge où une femme « a besoin d'aimer, d'aimer exclusivement. Il faut que tout ce qu'on fait se rapporte à l'objet aimé. On veut avoir des grâces et des talents pour lui seul ». Hélas ! le gros Casimir ne demandait rien de tel; il ne savait pas que sa femme avait du talent, il ne pensait pas qu'il pût lui manquer quelque chose. Par mille agaceries féminines, Aurore s'efforçait de le mettre sur la voie. En vain ! « Mes connaissances étaient perdues; tu ne les partageais pas. Je ne me disais pas tout cela, je le sentais; je te pressais dans mes bras; j'étais aimée et quelque chose que je ne pouvais dire manquait à mon bonheur. »

Dans ce « quelque chose », il y avait deux choses : le manque d'égards et de prévenances de l'époux; son incapacité à donner du plaisir à sa femme. On sait comment finissent de tels désaccords.

Ce fut au cours d'une excursion à Cauterets que cette gitane, devenue la prisonnière d'un mariage de convenances, rencon-

tra Aurélien de Sèze : vingt-six ans, de l'élégance, du charme,
un beau nom et le goût de la poésie, il n'en fallait pas davantage pour lui tourner la tête. Aurélien était fiancé à une jeune
fille « fort belle mais sans esprit »; mais tout de suite, lui aussi
fut amoureux d'Aurore; il l'aurait aimée « même laide »; ils se
promenèrent ensemble la main dans la main, au bord des
précipices; mais ceux-ci n'étaient rien auprès de l'abîme moral
au fond duquel ces deux enfants, romantiques et purs, refu-
saient de se laisser tomber. Comme la princesse de Clèves,
Aurore se confessa à son mari; il fut convenu qu'Aurore et
Aurélien s'aimeraient comme frère et sœur et que Casimir
serait associé à cette chaste *paristys.*

Aurore, intacte, retrouva donc Nohant... et un ami de jeunesse, le beau Stéphane Ajasson de Grandsagne, esprit fort et
même « athée » qui se montra plus entreprenant qu'Aurélien :
leur amitié ne tarda pas à se transformer en une liaison dont
Solange fut peut-être le fruit. Aurélien de Sèze s'étonna de
constater que la jeune femme, qu'il avait respectée et qui lui
avait promis de vivre, même dans le mariage, dans une chasteté totale, était enceinte; il s'éloigna navré. Aurore elle-même
avait mauvaise conscience. « Je ne mérite plus l'amitié de personne. Comme l'animal blessé qui meurt dans un coin, je ne
saurais chercher d'adoucissement et de secours parmi mes
semblables. » Casimir, les yeux dessillés, à demi ruiné, se
consola dans la débauche...

Il semblait à ce moment qu'Aurore n'eût plus qu'à sombrer,
comme d'autres, dans la tristesse et le dégoût.

C'est ici que se manifeste ce qu'il faut bien appeler son
génie. Que cette jeune femme peu instruite, mal élevée, mal
entourée et mal mariée, égarée dans une triste campagne, en
butte à la méfiance d'une bourgeoisie rétrograde, à tous les
ragots de la province; que cette mère de deux enfants, délais-
sée par un mari dépourvu d'esprit, ait trouvé en elle-même
assez de courage et de ressources pour devenir maîtresse de
son destin, pour entraîner dans son sillage quelques-uns des
plus grands hommes de son temps, et pour tirer d'un médiocre

terreau campagnard une récolte romanesque qui allait la rendre illustre, voilà qui témoigne de son caractère, de son intelligence et, au sens antique du terme, de sa *vertu*.

Aurore avait trouvé refuge chez son beau-père qu'elle aimait; mais le colonel Dudevant vint à mourir (1826). Elle dut quitter le charmant domaine de Guillery pour retrouver Nohant. Ce coin du Bas-Berry était peu de chose, comparé à ce Bordeaux, à cette Gascogne où, l'espace d'une saison, elle avait, à l'étonnement de son mari, brillé d'un vif éclat. La campagne dut lui faire l'effet du Moyen Age : paysans incultes ou ivrognes, gentilshommes crottés, bourgeois avares. Mais le monde, après tout, n'est qu'une auberge espagnole : chacun trouve ce qu'il y apporte. Loin de céder au désespoir, Aurore Dudevant réinventa le Berry; elle apprit à regarder « chaque arbre, chaque pierre » d'un œil neuf, comme s'ils pouvaient lui retracer « un chapitre de [son] histoire ».

Quittant un Nohant resté désespérément campagnard, la petite baronne Dudevant s'installe à La Châtre, bourgade charmante où l'on trouve quelques beaux esprits; elle y apporte son goût des arts et des relations humaines, ses reparties, ses lectures et surtout cette flamme qui la transfigure. Entraînant Casimir, elle donne des dîners et des bals où se retrouve ce que le pays compte de plus intéressant : l'avocat Dutheil, le mélancolique et blond Charles Duvernet, le « gigantesque » Fleury, dit « le Gaulois », et mon aïeul, le botaniste Jules Néraud, disciple de Jean-Jacques, grand spécialiste de la flore madécasse, qu'elle baptisa aussitôt « le Malgache ».

« Elle partait à l'aube avec Néraud pour étudier les plantes, les minéraux, les insectes. Un automne fut consacré à l'étude des champignons, un autre à celle des mousses et lichens. L'ombre de Rousseau planait sur ce couple herborisant. » (André Maurois.) Naturellement, les dames de La Châtre se mirent à cancaner, et Mme Jules Néraud — Céphise Thabaud de Bellair, que son mari appelait « le vieux chandelier » — envoya même à la petite Mme Dudevant une lettre d'injures bien senties. Pourtant, cette jeune femme de vingt-trois ans qui vient d'avoir une première aventure et qui aurait eu tant de raisons de quitter son lourdaud de mari, continue de croire à l'amour et même au mariage. « Casimir, comme tu es bête ! », soupire-t-elle parfois, excédée. Mais aussitôt, elle se reprend : « Je t'aime bien ainsi. »

L'inactivité lui pèse. « Que faire ? Il pleut [...]. Si je me racontais mon histoire ? C'est une bonne idée. Ecrivons des mémoires... » Mais, quand on a vingt-trois ans, on ne se contente pas de raconter des aventures ; on veut les vivre. Aurore avait supplié Aurélien de la respecter ; il avait tenu parole, il avait eu tort ; en se donnant à Stéphane, Aurore avait tiré la conséquence de sa méprise ; elle avait compris qu'une amitié durable entre un homme et une femme n'est guère possible : pour garder celle de Stéphane, elle avait accepté de planter ce que Sainte-Beuve appelait « le clou d'or de l'amitié ».

Dans son petit La Châtre, elle se sentait en exil ; ses vrais interlocuteurs habitaient Paris, ils s'appelaient Lamartine, Balzac, Hugo. Elle aurait bien fait « dix lieues pour [les] voir passer ». Aussi, au printemps 1830, Aurore s'envole-t-elle pour Paris ; de là, elle fait un saut à Bordeaux. De retour à Nohant, elle commence des romans qui ne la mènent nulle part. En elle, comme le sang, chez un adolescent qu'enfièvre la puberté, son génie bouillonne. Il soulève son « pauvre cerveau ». Aurore cherche à remplir « quelque sainte et douce mission sur la terre » ; mais il lui manque encore le point d'application qui lui permettra de donner son fruit.

Sur ces entrefaites — nous sommes au printemps de 1830 — au Coudray, chez Charles Duvernet, Aurore fait la connaissance d'un blondin de dix-neuf ans, « frisé comme un petit saint Jean de la Nativité ». C'est Jules Sandeau, fils du receveur des Finances de La Châtre. Au même moment, un grand événement remue le pays. La Révolution de 1830 éclate à Paris.

Tout de suite, la châtelaine de Nohant s'enflamme. Le petit Jules tombe amoureux de cette guerrière qui ne se propose rien moins que de soulever le Berry ; ils se revoient, leurs mains se joignent sur le banc du jardin de Nohant; Aurore se donne dans le pavillon du jardinier; elle multiplie les rendez-vous — dans sa chambre, dans les prés, dans les bois, sans plus se soucier des cancans. Elle a fait son choix : elle a décidé de sortir de son existence étroite et bourgeoise et de donner libre cours à son génie. « Je veux une pension; j'irai à Paris; mes enfants resteront à Nohant » : « une faible femme » vient de décider de sa vie, avec un courage d'homme.

Cette fois, les jeux sont faits, Aurore rejoint son amant à Paris, non sans avoir négocié un compromis avec le faible Casimir. Elle continuera à porter son nom, à élever ses enfants, elle passera six mois à Nohant et six mois à Paris. Ainsi commençait une existence où l'exaltation des départs alternerait avec le déchirement des séparations; pendant trente ans, la Bonne Dame de Nohant n'allait plus cesser de défrayer la chronique, tandis que, plus ou moins illustres, plus ou moins doués, plus ou moins jeunes — mais souvent plus jeunes qu'elle —, artistes, écrivains, sculpteurs, hommes politiques se succéderaient dans son cœur et dans son lit. Mais ce qui est remarquable, c'est que cette existence intense, tumultueuse, passionnée, n'empêchera pas George Sand d'écrire, de porter chaque saison sa récolte — en fait, plusieurs récoltes — comme un arbre porte ses fruits.

C'est en suivant à Paris le « petit Jules » que la baronne Dudevant est devenue George Sand. Pendant le brûlant été 1830, au 31 de la rue de Seine, Aurore vit gaiement « au milieu des baïonnettes, des émeutes et des ruines », entourée d'un petit groupe de Berrichons « avancés » — Félix Pyat, Emile Regnault, Fleury, Gustave Papet... — sur lesquels elle règne sans partage. Dans ses bottes d'écuyère, sa redingote de drap gris, se promenant, le cigare au bec, au bras d'un monsieur sans que les bonnes dames de La Châtre puissent la voir, elle mène une existence dont elle avait si longtemps rêvé : elle est enfin heureuse.

Mais il fallait vivre : la pension de 250 F par mois qu'elle avait arrachée à Casimir n'y suffisait pas. Elle alla demander conseil à un vieux parlementaire, M. de Kératry, auteur d'un roman qui avait fait pleurer les chaumières. Comme le vieux gentilhomme lui répondait qu'« une honnête femme » ne doit pas écrire (« Ne faites pas de livres, faites des enfants ! »), Aurore lui conseilla de garder le précepte pour lui ! Elle avait rencontré Kératry grâce à Duris-Dufresne, devenu député de La Châtre ; c'est encore à ses amis du Berry qu'elle dut d'être lancée par Henri de Latouche. Le fringant éditeur de Goethe et d'André Chénier était devenu amer et envieux ; c'est qu'il avait lancé « plus d'auteurs que d'ouvrages », protégé Balzac et Nodier tout en faisant un enfant à la pauvre Marceline Desbordes-Valmore.

Latouche découragea d'abord la jeune femme, mais il l'introduisit au *Figaro* ; un peu plus tard, *La Revue de Paris* publiait un texte écrit en commun par les deux amants, qu'ils signèrent J. Sand. Mais le petit Jules n'était pas un bourreau de travail et sa maîtresse devait l'obliger à quitter le lit pour se mettre à son écritoire, comme elle aurait fait avec un enfant. Quant à elle, elle était maintenant résolue à suivre, quoi qu'il arrive, la carrière littéraire. « J'ai un but, une tâche, disons le mot : une passion. Le métier d'écrire en est une, violente, presque indestructible. »

Une passion... le grand mot était lâché. Depuis qu'elle avait découvert le secret de créer de la vie en alignant des mots, Aurore Dudevant n'allait plus cesser de se livrer à ce qui allait devenir l'occupation principale, puis la tâche exclusive de sa vie, à cette drogue qu'est l'écriture.

Toutefois, c'est sur la pointe des pieds et presque clandestinement qu'elle entra dans le monde des Lettres. En 1830, même s'il se trouvait un éditeur pour « acheter ses platitudes » et « des sots pour les lire », une femme de lettres — à moins d'être une « femme du monde », et encore ! — était une femme perdue. Ecrire sous son nom, c'était redoubler le scandale qu'elle avait provoqué en abandonnant son gros mari pour s'enfuir avec le petit Jules. « On m'habille si cruellement à La Châtre qu'il ne manquerait plus que cela pour m'achever ! »

Non sans hésitation, elle commença donc par signer J. Sand les textes qu'elle venait d'écrire avec Jules; c'était leur œuvre commune, mais l'essentiel venait d'elle. De retour à Nohant, seule dans sa chambre, c'est tout naturellement qu'elle continua. « Il est six heures du matin. Je travaille depuis sept heures du soir. J'ai fait un volume en cinq nuits. » Cela lui paraissait naturel. Lorsque, pour varier ses plaisirs, elle reçut à Nohant le petit Jules (Casimir ronflait dans une chambre à côté, et le brave Papet faisait le guet dans le fossé), et le retint toute la nuit, « heureux, battu, embrassé, mordu, criant, pleurant, riant » dans une rage de joie, « de morsures et de coups »..., ce fut le petit Jules qui cria pouce! Bientôt, il tomba malade d'un régime qui embrasait sa maîtresse, mais qui le tuait « à petit feu » !

Pourtant, dès cette époque, Aurore se faisait l'effet d'une « vieillarde » : comment un jeune homme aux « joues roses », aux « passions ardentes », pouvait-il trouver du plaisir à fréquenter cette « vieille, flétrie, brisée », se demandait-elle dans une de ses lettres. (Elle avait alors vingt-six ans !)

L'association littéraire avec Sandeau n'alla pas plus loin que les cinq volumes de *Rose et Blanche.* Ensuite, Aurore écrivit seule *Indiana,* et Jules reconnut, honnêtement, que le livre était « trop fort pour lui ». Sa maîtresse s'y était mise entièrement, sous la figure de cet « être faible » mais passionné, de cet ange aux prises avec la nécessité, qu'est la femme. Mue par un amour intrépide, *Indiana* heurtait son « front aveugle » à tous les obstacles de la civilisation.

Pour publier *Indiana* (1832), Aurore adopta le nom de George Sand, pseudonyme masculin d'un auteur qui avait en effet la force et le tempérament d'un homme. (« Homme dans la tournure, le langage, le son de la voix et la hardiesse des propos », disait d'elle, avec réprobation, Vigny.)

Indiana, Valentine posaient le problème de la femme moderne, cet être que la société bourgeoise ne comprend pas, qu'elle persécute, mais qui résiste à toute contrainte et qui finalement triomphe de tout. Le succès de ces livres fut immédiat. La réputation « scandaleuse » de l'auteur pimentait ce portrait romantique de l'amour. Mais le public aima les paysages, cette nature faiseuse de calme et de sérénité. Pour *Indiana*, Jules Néraud avait confié à son amie ses carnets de l'île Bourbon; pour *Valentine*, George Sand évoqua — c'était la première fois — ces chemins tristes et ces bois grêles, ces haies et ces chaumières de la vallée de l'Indre qu'elle connaissait si bien; elle la baptisait « la vallée noire », nom qui lui est resté parce qu'il évoque, en effet, à merveille ce pays mélancolique et tendre, que, même aujourd'hui, l'industrie n'a pas avili : pays de rivières et de bocages, avec de maigres vignes, des « trènes » ravinées, et, plus à l'ouest, des « brandes » presque sauvages.

Ainsi un écrivain était né, auquel le Berry méconnu allait devoir son existence littéraire. Au même moment, Walter Scott donnait ses lettres de noblesse à l'humide Ecosse, à sa chère vallée de la Tweed.

Pourtant, la littérature, à ce moment de la vie de George Sand, ne pouvait lui faire oublier son propre roman. Comme ses héroïnes, elle attendait encore tout de l'amour. En dix ans, George Sand allait écrire dans l'histoire du cœur des chapitres bien plus célèbres que ceux qu'elle inscrirait dans notre littérature romanesque. Marie Dorval, Alfred de Musset, Chopin et bien d'autres allaient entrer dans sa vie. Chacune de ces aventures se terminerait mal; chaque passion tyraniquement vécue la laisserait brûlante et insatisfaite. C'est que, contrairement à toutes les apparences, cette femme ardente était insatisfaite et peut-être frigide — du moins jusqu'à sa rencontre avec Musset. Cela, elle l'avait imprudemment avoué dans la première édition de *Lélia*, vite expurgée. Lélia n'aime pas son amant comme une femme, elle l'aime cõmme une mère : « Je me plais à vous caresser, à vous regarder comme si vous étiez mon enfant... » Et Sténio n'est pas dupe : « Lélia, soupire-t-il, n'est pas un être complet... là où il n'y a pas d'amour, il n'y a pas de femme. » Lélia pense comme lui, elle voudrait sortir de ce marbre « qui lui monte jusqu'aux genoux » et qui la retient « enchaînée comme le sépulcre retient les morts ». Elle envie sa sœur Pulchérie, modelée, sans doute, sur Marie Dorval, qui fait argent de son corps, mais qui, du moins, sait donner du plaisir et en éprouver. Chez Lélia, le désir n'est qu'une ardeur qui paralyse « la puissance des sens avant de l'avoir éveillée ». Pour le connaître enfin, ce plaisir, elle va d'homme en homme sans être jamais satisfaite.

Il en était ainsi de la romancière. Elle vécut plus de dix ans dans le désordre et l'attente exténuante de l'amour, mais elle ne cessa pas d'écrire. Au plus fort de sa passion pour Musset, elle sautait du lit, à quatre heures du matin, pour aller travailler. De ce labeur obstiné naquirent *Lélia* (1833), *Mauprat* (1837), *Le Compagnon du tour de France* (1840), *Consuelo* (1842), *Jeanne* (1844), *Le Meunier d'Angibault* (1845), *La Mare au Diable* (1846), *Le Péché de Monsieur Antoine* (1847)... Les meilleurs de ces livres, ce n'est pas un hasard, font une grande place au Berry, à ses paysans, à ses artisans, à ses villages et à ses champs. Rien de surprenant à cela : de plus en plus, George trouvait à Nohant, entre deux aventures, un havre et un salut. Non seulement, elle n'avait cessé d'y revenir, d'y passer ses étés, mais elle savait s'y ressourcer, y refaire ses forces et sa santé, au sortir de Paris dont elle épuisait les plaisirs comme les marins en bordée. Elle observait les mœurs des paysans, elle aimait bavarder avec eux, leur faire raconter leur histoire, et elle était frappée par leur gentillesse, leur simplicité, leur désintéressement, comparés à la perfidie, à l'avidité, à l'égoïsme de tant de bourgeois, de tant d'hommes de lettres.

Aurélien de Sèze l'avait félicitée, naguère, de peindre les paysans avec une exactitude qui n'excluait pas l'indulgence, avec une bienveillance qui mettait en évidence leurs vertus plutôt que leurs défauts, leur malchance plutôt que leur sottise, et cet éloge, si vrai, l'avait touchée.

« A aucun moment, George Sand n'a perdu le contact avec

sa province. Mais depuis 1841 elle y fait de plus longs séjours. Chopin, qui se plaît à Nohant, y vient tous les étés. Près de lui, elle mène une vie quasi conjugale. Elle traverse une phase de sérénité et d'apaisement qui la dispose à mieux goûter les joies simples de la campagne [...] elle fait de nombreuses excursions dans la région. » Elle assiste à des fêtes rustiques : en janvier 1843, le mariage de sa nièce Léontine Chatiron; en septembre de la même année, les secondes noces de sa servante Françoise Meillant.

Comme les romantiques avaient remis les cathédrales et le Moyen Age à la mode, le paysan, ce grand oublié de la littérature française, redevenait un sujet digne de la plume des écrivains. Balzac leur consacrait un roman, qui allait paraître dans _La Presse_, à la fin de 1844, et où, bien avant Zola, il montrait en eux des brutes cupides et sournoises. En ces années où le développement de la presse coïncidait avec celui de l'instruction, le roman-feuilleton devenait le grand pourvoyeur de journaux — et la principale ressource des écrivains endettés. La parution en feuilleton du _Juif errant_ avait multiplié par dix le nombre des abonnés du _Constitutionnel_ et ce triomphe faisait rêver la pauvre George assiégée par ses créanciers. Mais aussi, et plus profondément, le succès des _Mystères de Paris_ (1842) d'Eugène Sue, celui des _Mystères de Londres_ de Paul Féval l'indignaient : car le succès de ces romans-fleuves était dû à une fâcheuse connivence du public avec des sentiments troubles : la violence, l'iniquité, l'injustice.

Le propos de George Sand était tout autre. Il s'agissait de rendre justice aux paysans calomniés, au travail manuel, à la vie des humbles, pour lesquels elle avait toujours éprouvé de l'amitié et même une sorte de tendresse qui, depuis les années 1840, se doublait d'une volonté de réparation.

En 1835, George avait rencontré Michel de Bourges, elle était devenue sa maîtresse et le socialisme avait fait son chemin dans son esprit. Certes, George Sand avait toujours su que l'homme du peuple était _bon_, mais la vie (et la manière dont on l'avait traitée à La Châtre) lui avait appris que le bourgeois était *mauvais*, et l'aristocrate haïssable. De plus, elle ne partageait pas cette volonté d'ascension sociale qu'elle voyait se manifester partout autour d'elle et qui trouvait son expression dans *La Comédie humaine* de Balzac. Elle avait souhaité la gloire, mais son rêve social était un idéal de partage et de fraternité; à l'esprit de compétition de la bourgeoisie industrielle et marchande, elle opposait l'églogue paysanne, l'indifférence des pauvres envers l'argent, la poétique liberté des « champis » et des « fadettes », un Merveilleux qu'on ne trouvait plus dans les villes, mais qui survivait, croyait-elle, chez les « gens de campagne ».

Une gravure d'Holbein, dans *Les Simulachres de la Mort*, l'avait scandalisée : dans une campagne allemande, un laboureur, vieilli avant l'âge, se penche sur le manche de sa charrue, derrière un attelage fourbu que la Mort conduit à coups de trique. Un quatrain éclairait cette image :

> *A la sueur de ton visaige,*
> *Tu gagnerois ta pauvre vie,*
> *Après long travail et usaige,*
> *Voicy la* mort *qui te convie.*

Telle était donc l'idée que les gens des villes, depuis des siècles, se faisaient du paysan ! George était choquée, dans son optimisme foncier, par cette sombre litanie. Il fallait réagir contre la « tristesse implacable » de cette vision du monde, acceptée comme une « effroyable fatalité ». Sans doute, aux yeux d'un peintre comme Holbein, encore proche du Moyen Age, la mort tenait sous son sceptre l'humanité tout entière du souverain au mendiant, comme il l'avait montré dans ses « simulachres ». « Crime et malheur », telle était encore la condition de l'homme à l'aube de la Renaissance. « Mais nous, artistes d'un autre siècle, que peindrons-nous ? » Et George de proclamer avec foi : « Nous n'avons plus affaire à la mort, mais à la vie. Nous ne croyons plus ni au néant de la tombe, ni au salut acheté par un renoncement forcé; nous voulons que la vie soit bonne, parce que nous voulons qu'elle soit féconde. » Tel était son *credo*, celui des hommes de 1848 : « Il faut que tous soient heureux, afin que le bonheur de quelques-uns ne soit pas criminel et maudit de Dieu. »

A des romanciers qui, comme Paul Féval ou Eugène Sue, semblaient prendre plaisir à peindre « l'abjection de la misère », le « fumier de Lazare », George oppose l'image idyllique d'une nature fécondée par l'homme.

La romancière reprend à son compte l'image d'Holbein, mais en lui donnant tout son sens. A la première page de *La Mare au Diable*, elle peint la même scène, mais dans une tout autre lumière : ces quatre paires de bœufs à la robe sombre que mène un jeune homme bien découplé, voilà nous dit-elle, la véritable et réconfortante image du labeur humain ! Et, mettant les points sur les « i », George, dans un avertissement au lecteur, sonne de la trompette : « Nous croyons que la mission de l'art est une mission de sentiment et d'amour, que le roman d'aujourd'hui devrait remplacer la parabole des temps naïfs... et faire aimer les objets [quitte à] les embellir un peu. » Car « l'art n'est pas une étude de la réalité positive; c'est une recherche de la vérité idéale ».

On peut discuter ce point de vue, mais George y tient et, dans ses romans de mœurs paysannes, elle s'applique à l'illustrer. *La Mare au Diable*, comme les romans champêtres qui suivront, n'est pas seulement une réhabilitation de la vie des champs, c'est une représentation idéale du paysan lui-même. Sans doute George Sand n'ignore-t-elle pas le dédain que fait peser sur lui une société où l'homme de la ville donne le ton. En 1848, alors que plus de la moitié de la population française vit encore à la campagne, le paysan est méprisé, le produit de son labeur acheté au prix le plus bas. Un paysan gagne à peine plus qu'un domestique, lequel est nourri et logé : 300 francs par an alors que le pain de six personnes atteint près de 175 francs ! Quant à la beauté de la vie paysanne, elle est doublement méconnue. Méconnue par le citadin qui ne vient à la campagne que pour se reposer ou se distraire; méconnue par le paysan lui-même, prisonnier de son labeur. « Poétiser, ennoblir chaque genre de travail, plaindre en même temps l'excès et la mauvaise direction sociale de ce travail », voilà qui serait, dit George, faire une œuvre « utile et durable ». Enseigner au riche à respecter l'ouvrier, au pauvre à se respecter lui-même, telle devrait être la vraie morale civique, le catéchisme que l'Eglise devrait enseigner, au lieu de se lamenter à temps et à contretemps sur l'impiété des rustres, les dangers des bals et l'inobservance du repos dominical !

Telle est l'inspiration. Sur ce motif généreux, la romancière brode une intrigue simple[1]. Exaltée par son sujet, elle n'avait mis que quatre jours à l'écrire; elle s'aperçut que son récit était trop court et dut compléter ses huit chapitres en leur ajoutant un substantiel appendice : la description d'une *Noce de campagne,* avec ses rites naïfs, ses trois jours de liesse et les coutumes « si étranges, si curieuses » du vieux Berry. Nous faisons ainsi connaissance avec les *livrées* — ces cadeaux apportés par une bande joyeuse, qui symbolisent la prise de possession du cœur et du domicile de la mariée. Le dialogue du *chanvreur* et du *fossoyeur* s'achève sur la capitulation des matrones :

> *Ouvrez la porte, ouvrez,*
> *Marie, ma mignonne,*
> *C'est un beau mari qui vient vous chercher,*
> *Allons, ma mie, laissons-les entrer.*

Alors, on voit la bande du fiancé s'emparer de la maison de la mariée; le « jardinier » et la « jardinière », préposés à la garde du *chou* sacré de l'hymen, s'affrontent dans une sorte de drame, mimé et dansé, avec accompagnement de cris et de

1. Voir nos commentaires p. 149.

gestes; et la troisième nuit de noces s'achève tandis que Germain, « laissant sommeiller sa jeune compagne jusqu'au lever du soleil », sort, « fier et dispos », pour aller « lier ses bœufs » et, à genoux dans le sillon, fait, en pleurant, sa prière du matin : ici, nous quittons Breughel pour revenir à Greuze !

« Cette fin de *La Mare au Diable* semble peut-être un peu longue; mais on n'est pas fâché, malgré tout, de s'arrêter sur ces images d'abondance rurale et de copieux bonheur », faisait observer Sainte-Beuve. En effet, ces pages sont les mieux venues de tout le livre; c'est un *document* d'époque, le portrait d'une de ces *fêtes,* mi-païennes, mi-chrétiennes, que l'auteur avait pu observer en assistant au mariage d'une de ses servantes. (Germain et Marie ont eu, sans doute, pour modèles le paysan Germain Renard et sa jeune femme Marie Jouhanneau.) En ces jours de liesse, les pauvres mangeaient joyeusement « la subsistance d'une année dans les trois jours de la noce », ne quittant point la table « pendant quatorze heures » : la vie, si rude, si monotone, devenait alors joyeuse, sensuelle et presque breughelienne.

La Mare au Diable est une *églogue,* trop idéalement poétisée pour être tout à fait vraie. George Sand, dans ses amours, était autrement triviale ! Mais elle tenait à cette image idéale, dans sa convention, d'une idylle telle qu'elle n'en avait, certes, jamais vécue.

« Vous avez cru que j'étais l'ennemie du mariage [...]. Eh bien, après trente ans d'illusions entretenues par moi, je viens vous dire que cela n'est pas... *Je suis une naïve femme de génie, qui donne des romans comme le pêcher donne des fleurs roses, et qui n'a jamais visé qu'à être aimable...* »

C'est ce que lui faisait dire, au soir de sa vie, ce grincheux de Barbey d'Aurevilly. Barbey disait vrai. Enfant de la balle, née en dehors des chemins balisés par la morale et la société, George avait cru que l'amour, la liberté, la vertu pouvaient cheminer du même pas. En dépit de toutes les traverses d'une existence orageuse, elle n'avait jamais cessé de chercher l'amour, de croire en Dieu [1] et d'aimer son prochain.

En 1949, André Maurois fut surpris de trouver sa statue au beau milieu de cette petite ville de La Châtre où elle avait été, naguère, un objet de scandale. « La réprouvée, la pécheresse » était « devenue la patronne du pays. Ceux qui furent ses amis : Néraud, Papet, Duvernet, Fleury, vivent dans les mémoires à ses côtés », s'étonnait l'auteur de *Lélia*. Que de saints de notre calendrier laïque ont commencé, comme elle, par le scandale ou le dédain !

Quant à moi, signant cette *Préface*, j'ai le sentiment de payer une dette, de laver la mémoire de George Sand des outrages dont, enfant, je l'ai vue accablée. Ogresse, mante religieuse, nymphomane, intrigante, menteuse... aucun adjectif n'était assez fort pour flétrir la grosse dame de Nohant. Les femmes de ma famille se transmettaient comme un dépôt sacré le souvenir de la jalousie de mon arrière-grand-mère. George Sand leur paraissait doublement condamnable parce qu'elle ne se contentait pas de prôner l'amour libre, et parce qu'elle bravait les préjugés de sa classe en affichant ses plaisirs. Ma pauvre aïeule avait d'ailleurs bien tort de s'inquiéter. Cette jolie Circé qui détournait les maris de leur devoir ne songea sans doute jamais à lui enlever le sien. Elle n'entretint avec son « Malgache » qu'une amitié amoureuse, d'autant plus précieuse à ses yeux que ce genre de lien était plus rare.

Mais il faut élever le débat.

Les amours de George Sand, qui ont tant excité l'imagination des biographes, ne sont pas l'essentiel. L'essentiel, c'est sa fidélité à la terre et au Berry, c'est sa quête obstinée de la vérité politique, c'est cette recherche inlassable d'un idéal auquel les misères et les déceptions de l'existence n'ont jamais pu la faire renoncer. L'échec de 1848, la fin sanglante de la

---

1. On lira avec intérêt le solide essai de Henri Bourdet-Guillerault : *George Sand, ce qu'elle croyait* (Editions Rijois, 1979).

Commune ont pu dissiper son rêve d'une société « socialiste »,
ils n'ont pu altérer la confiance fondamentale que l'auteur
d'*Indiana* avait mise en la vie. George n'a jamais douté de la
bonté de la nature, de ses ressources ni de l'avenir de notre
espèce.

Et sans doute a-t-elle connu, à Nohant, cette vieillesse apai-
sée et sereine parce qu'elle n'avait jamais boudé aucune joie.
Parvenue sur le seuil du grand âge, elle acceptait sans tristesse
de quitter ce monde parce qu'elle n'avait ni regret ni remords,
ayant su boire à toutes les coupes que la terre lui avait ten-
dues.

Bien des fées, des plus dangereuses aux plus secourables,
avaient entouré le berceau de George Sand. Sa chronique pri-
vée respire un parfum de comédie galante, de contes rustiques
et de *Mille et Une Nuits,* qui n'aurait pas déplu à son aïeul, le
maréchal de Saxe.

Mais ce qui survivra de George, ce n'est pas le souvenir,
plus décevant qu'heureux, d'amants dont quelques-uns eurent
du génie, c'est ce qui a passé de cette vie ardente et tumultueuse dans ses écrits : son admirable *Correspondance,* qui
nous restitue chacune de ses paroles, chacun des battements de
son cœur, mais aussi ses romans de mœurs rustiques.

L'auteur de *La Mare au Diable* avait pour ambition de
célébrer ce Berry qui l'avait pourtant si mal accueillie, et de
rendre justice à ce peuple des campagnes si profondément
méconnu. Y a-t-elle réussi ?

L'ouvrage fut accueilli avec faveur par les contemporains,
Sainte-Beuve en tête, qui en loua non seulement les « touches
gracieuses » et « les images douces » mais le « puissant et le
plantureux ». Puis, sans cesser d'être réédité, il tomba dans un
demi-dédain, voué aux dictées de l'école primaire et aux invo-
cations régionalistes.

J'avais gardé de *La Mare au Diable* le souvenir d'un récit,
non seulement *démodé,* mais extraordinairement *irréel,* sans
rapport avec la vie, les préoccupations et les tâches, non seule-

ment des hommes et des femmes de mon siècle, mais des contemporains de George Sand. (La même *fadeur* décolore les récits paysans de René Bazin.) Une nouvelle génération de lecteurs sera-t-elle aussi sévère pour ce livre que je l'étais à quinze ans ? Que pensera-t-elle de ces paysans de Florian, de cette idylle aussi conventionnelle que les pastorales chères au XVIIIᵉ siècle ? Le « fin laboureur », l'ouvrier agricole qui sillonne aujourd'hui les champs au volant d'un tracteur Diesel se considère-t-il comme un artiste ? Le paysan du temps de Le Nain se croyait-il l'héritier de Virgile et de Théocrite ? Non, n'est-ce pas...

Il est vrai que dans un monde asservi par les machines, menacé par la pollution, tout, dans la nature, paraît beau de force ou de grâce : le paysage, l'homme, l'enfant, « les taureaux sous le joug » (mais ces derniers se font rares). Sous le nom savant d'« écologie », nous redécouvrons tout ce qu'avait failli ensevelir la civilisation industrielle. Il nous faudra demain, sous peine de mort, retrouver, restaurer, fortifier cette nature que nous avons asservie, abîmée, exploitée. Mais nous ne retrouverons jamais le paysan de George Sand; son « fin laboureur » est un mythe; il n'existait déjà plus de son temps...

PIERRE DE BOISDEFFRE.

Bruxelles, 1973.
Montevideo, 1983.

NOTE LIMINAIRE

Les manuscrits de La Mare au Diable *et de* La Noce de campagne, *après avoir appartenu aux héritiers de Chopin, furent offerts (en 1931) par Auguste Zaleski, ministre des Affaires étrangères de Pologne, à Aristide Briand, qui les légua à la Bibliothèque nationale* (Nouvelles acquisitions françaises, 12 231).

La Mare au Diable, *divisée en huit chapitres, parut d'abord dans* Le Courrier français *(6-15 février 1846).* La Noce de campagne *parut dans le même journal (31 mars-2 avril 1846).*

Dans l'édition originale (Desessart, deux volumes in-8, 1846), le roman compte dix-sept chapitres, et cette division a été conservée dans toutes les rééditions.

Nous donnons ici le texte de l'édition Calmann-Lévy, qui a paru du vivant de George Sand. Les spécialistes pourront, comme le souhaite le recteur M.-F. Guyard (Notes critiques sur « La Mare au Diable », Revue des Sciences humaines, *janvier-mars 1968) se reporter à l'édition originale de Desessart et consulter les* Notes et Variantes *de l'excellente édition de MM. P. Salomon et J. Mallion, agrégés de l'Université.*

Holbein, Simulachres de la mort : Le Laboureur

LA MARE AU DIABLE

NOTICE DE 1851

QUAND j'ai commencé, par *La Mare au Diable,* une série de romans champêtres, que je me proposais de réunir sous le titre de *Veillées du Chanvreur,* je n'ai eu aucun système, aucune prétention révolutionnaire en littérature. Personne ne fait une révolution à soi tout seul, et il en est, surtout dans les arts, que l'humanité accomplit sans trop savoir comment, parce que c'est tout le monde qui s'en charge. Mais ceci n'est pas applicable au roman de mœurs rustiques : il a existé de tout temps et sous toutes les formes, tantôt pompeuses, tantôt maniérées, tantôt naïves. Je l'ai dit, et dois le répéter ici, le rêve de la vie champêtre a été de tout temps l'idéal des villes et même celui des cours. Je n'ai rien fait de neuf en suivant la pente qui ramène l'homme civilisé aux charmes de la vie primitive. Je n'ai voulu ni faire une nouvelle langue, ni me chercher une nouvelle manière. On me l'a cependant affirmé dans bon nombre de feuilletons, mais je sais mieux que personne à quoi m'en tenir sur mes propres desseins, et je m'étonne toujours que la critique en cherche si long, quand l'idée la plus simple, la circonstance la plus vulgaire, sont les seules inspirations auxquelles les productions de l'art doivent l'être. Pour *La Mare au Diable* en

particulier, le fait que j'ai rapporté, dans l'avant-
propos, une gravure d'Holbein, qui m'avait frappé[1],
une scène réelle que j'eus sous les yeux dans le même
moment, au temps des semailles, voilà tout ce qui m'a
poussé à écrire cette histoire modeste, placée au milieu
des humbles paysages que je parcourais chaque jour.
Si on me demande ce que j'ai voulu faire, je répondrai
que j'ai voulu faire une chose très touchante et très
simple, et que je n'ai pas réussi à mon gré. J'ai bien
vu, j'ai bien senti le beau dans le simple, mais voir et
peindre sont deux! Tout ce que l'artiste peut espérer
de mieux, c'est d'engager ceux qui ont des yeux à regarder aussi. Voyez donc la simplicité, vous autres,
voyez le ciel et les champs, et les arbres, et les paysans
surtout dans ce qu'ils ont de bon et de vrai : vous les
verrez un peu dans mon livre, vous les verrez beaucoup mieux dans la nature.

GEORGE SAND.

Nohant, 12 avril 1851.

---

1. G. Sand emploie toujours le masculin en parlant d'elle.

I

L'AUTEUR AU LECTEUR

> A la sueur de ton visaige
> Tu gagnerois ta pauvre vie,
> Après long travail et usaige,
> Voicy la *mort* qui te convie.

CE quatrain en vieux français, placé au-dessous d'une composition d'Holbein, est d'une tristesse profonde dans sa naïveté. La gravure représente un laboureur conduisant sa charrue au milieu d'un champ. Une vaste campagne s'étend au loin, on y voit de pauvres cabanes; le soleil se couche derrière la colline. C'est la fin d'une rude journée de travail. Le paysan est vieux, trapu, couvert de haillons. L'attelage de quatre chevaux qu'il pousse en avant est maigre, exténué; le soc s'enfonce dans un fonds raboteux et rebelle. Un seul être est allègre et ingambe dans cette scène de *sueur et usaige*. C'est un personnage fantastique, un squelette armé d'un fouet, qui court dans le sillon à côté des chevaux effrayés et les frappe, servant de valet de charrue au vieux laboureur. C'est la mort, ce spectre qu'Holbein a introduit allégoriquement dans la succession de sujets philosophiques et religieux, à la fois lugubres et bouffons, intitulée les *Simulachres de la mort*.

Dans cette collection, ou plutôt dans cette vaste composition où la mort, jouant son rôle à toutes les pages, est le lien et la pensée dominante, Holbein a fait comparaître les souverains, les pontifes, les amants, les joueurs, les ivrognes, les nonnes, les courtisanes, les brigands, les pauvres, les guerriers, les moines, les juifs, les voyageurs, tout le monde de son temps et du nôtre, et partout le spectre de la mort raille, menace et triomphe. D'un seul tableau elle est absente. C'est celui où le pauvre Lazare, couché sur un fumier à la porte du riche, déclare qu'il ne la craint pas, sans doute parce qu'il n'a rien à perdre et que sa vie est une mort anticipée.

Cette pensée stoïcienne du christianisme demi-païen de la Renaissance est-elle bien consolante, et les âmes religieuses y trouvent-elles leur compte? L'ambitieux, le fourbe, le tyran, le débauché, tous ces pécheurs superbes qui abusent de la vie, et que la mort tient par les cheveux, vont être punis, sans doute; mais l'aveugle, le mendiant, le fou, le pauvre paysan, sont-ils dédommagés de leur longue misère par la seule réflexion que la mort n'est pas un mal pour eux? Non! Une tristesse implacable, une effroyable fatalité pèse sur l'œuvre de l'artiste. Cela ressemble à une malédiction amère lancée sur le sort de l'humanité.

C'est bien là la satire douloureuse, la peinture vraie de la société qu'Holbein avait sous les yeux. Crime et malheur, voilà ce qui le frappait; mais nous, artistes d'un autre siècle, que peindrons-nous? Chercherons-nous dans la pensée de la mort la rémunération de l'humanité présente? l'invoquerons-nous comme le châtiment de l'injustice et le dédommagement de la souffrance?

Non, nous n'avons plus affaire à la mort, mais à la vie. Nous ne croyons plus ni au néant de la tombe, ni

au salut acheté par un renoncement forcé; nous voulons que la vie soit bonne, parce que nous voulons
qu'elle soit féconde. Il faut que Lazare quitte son fumier, afin que le pauvre ne se réjouisse plus de la
mort du riche. Il faut que tous soient heureux, afin
que le bonheur de quelques-uns ne soit pas criminel et
maudit de Dieu. Il faut que le laboureur, en semant
son blé, sache qu'il travaille à l'œuvre de vie, et non
qu'il se réjouisse de ce que la mort marche à ses côtés.
Il faut enfin que la mort ne soit plus ni le châtiment
de la prospérité, ni la consolation de la détresse. Dieu
ne l'a destinée ni à punir, ni à dédommager de la vie;
car il a béni la vie, et la tombe ne doit pas être un
refuge où il soit permis d'envoyer ceux qu'on ne veut
pas rendre heureux.

Certains artistes de notre temps, jetant un regard sérieux sur ce qui les entoure, s'attachent à peindre la
douleur, l'abjection de la misère, le fumier de Lazare.
Ceci peut être du domaine de l'art et de la philoso-
phie; mais, en peignant la misère si laide, si avilie,
parfois si vicieuse et si criminelle, leur but est-il atteint
et l'effet en est-il salutaire, comme ils le voudraient?
Nous n'osons pas nous prononcer là-dessus. On peut
nous dire qu'en montrant ce gouffre creusé sous le sol
fragile de l'opulence, ils effraient le mauvais riche,
comme, au temps de la *danse macabre,* on lui montrait
sa fosse béante et la mort prête à l'enlacer dans ses
bras immondes. Aujourd'hui on lui montre le bandit
crochetant sa porte et l'assassin guettant son sommeil.
Nous confessons que nous ne comprenons pas trop
comment on le réconciliera avec l'humanité qu'il méprise, comment on le rendra sensible aux douleurs du
pauvre qu'il redoute, en lui montrant ce pauvre sous
la forme du forçat évadé et du rôdeur de nuit. L'affreuse mort, grinçant des dents et jouant du violon
dans les images d'Holbein et de ses devanciers, n'a pas

trouvé moyen, sous cet aspect, de convertir les pervers
et de consoler les victimes. Est-ce que notre littérature
ne procéderait pas un peu en ceci comme les artistes
du moyen âge et de la Renaissance?

Les buveurs d'Holbein remplissent leurs coupes avec
une sorte de fureur pour écarter l'idée de la mort, qui,
invisible pour eux, leur sert d'échanson. Les mauvais
riches d'aujourd'hui demandent des fortifications et des
canons pour écarter l'idée d'une jacquerie, que l'art
leur montre travaillant dans l'ombre, en détail, en attendant le moment de fondre sur l'état social. L'Église
du moyen âge répondait aux terreurs des puissants de
la terre par la vente des indulgences. Le gouvernement
d'aujourd'hui calme l'inquiétude des riches en leur faisant payer beaucoup de gendarmes et de geôliers, de
baïonnettes et de prisons.

Albert Dürer, Michel-Ange, Holbein, Callot, Goya,
ont fait de puissantes satires des maux de leur siècle et
de leur pays. Ce sont des œuvres immortelles, des pages historiques d'une valeur incontestable; nous ne
voulons pas dénier aux artistes le droit de sonder les
plaies de la société et de les mettre à nu sous nos
yeux; mais n'y a-t-il pas autre chose à faire maintenant
que la peinture d'épouvante et de menace? Dans cette
littérature de mystères d'iniquité, que le talent et l'imagination ont mise à la mode, nous aimons mieux les
figures douces et suaves que les scélérats à effet drama-
tique. Celles-là peuvent entreprendre et amener des
conversions, les autres font peur, et la peur ne guérit
pas de l'égoïsme, elle l'augmente.

Nous croyons que la mission de l'art est une mission
de sentiment et d'amour, que le roman d'aujourd'hui
devrait remplacer la parabole et l'apologue des temps
naïfs, et que l'artiste a une tâche plus large et plus
poétique que celle de proposer quelques mesures de
prudence et de conciliation pour atténuer l'effroi

qu'inspirent ses peintures. Son but devrait être de faire aimer les objets de sa sollicitude, et au besoin, je ne lui ferais pas un reproche de les embellir un peu. L'art n'est pas une étude de la réalité positive; c'est une recherche de la vérité idéale, et *Le Vicaire de Wakefield* fut un livre plus utile et plus sain à l'âme que *Le Paysan perverti* et *Les Liaisons dangereuses*.

Lecteurs, pardonnez-moi ces réflexions, et veuillez les accepter en manière de préface. Il n'y en aura point dans l'historiette que je vais vous raconter, et elle sera si courte et si simple que j'avais besoin de m'en excuser d'avance, en vous disant ce que je pense des histoires terribles.

C'est à propos d'un laboureur que je me suis laissé entraîner à cette digression. C'est l'histoire d'un laboureur précisément que j'avais l'intention de vous dire et que je vous dirai tout à l'heure.

II

LE LABOUR

Je venais de regarder longtemps et avec une profonde mélancolie le laboureur d'Holbein, et je me promenais dans la campagne, rêvant à la vie des champs et à la destinée du cultivateur. Sans doute il est lugubre de consumer ses forces et ses jours à fendre le sein de cette terre jalouse, qui se fait arracher les trésors de sa fécondité, lorsqu'un morceau de pain le plus noir et le plus grossier est, à la fin de la journée, l'unique récompense et l'unique profit attachés à un si dur labeur. Ces richesses qui couvrent le sol, ces moissons, ces fruits, ces bestiaux orgueilleux qui s'engraissent dans les longues herbes, sont la propriété de quelques-uns et les instruments de la fatigue et de l'esclavage du plus grand nombre. L'homme de loisir n'aime en général pour eux-mêmes, ni les champs, ni les prairies, ni le spectacle de la nature, ni les animaux superbes qui doivent se convertir en pièces d'or pour son usage. L'homme de loisir vient chercher un peu d'air et de santé dans le séjour de la campagne, puis il retourne dépenser dans les grandes villes le fruit du travail de ses vassaux.

De son côté, l'homme de travail est trop accablé, trop malheureux, et trop effrayé de l'avenir, pour jouir de la beauté des campagnes et des charmes de la vie rustique. Pour lui aussi les champs dorés, les belles prairies, les animaux superbes, représentent des sacs d'écus dont il n'aura qu'une faible part, insuffisante à ses besoins, et que, pourtant, il faut remplir, chaque année, ces sacs maudits, pour satisfaire le maître et payer le droit de vivre parcimonieusement et misérablement sur son domaine.

Et pourtant, la nature est éternellement jeune, belle et généreuse. Elle verse la poésie et la beauté à tous les êtres, à toutes les plantes, qu'on laisse s'y développer à souhait. Elle possède le secret du bonheur, et nul n'a su le lui ravir. Le plus heureux des hommes serait celui qui, possédant la science de son labeur, et travaillant de ses mains, puisant le bien-être et la liberté dans l'exercice de sa force intelligente, aurait le temps de vivre par le cœur et par le cerveau, de comprendre son œuvre et d'aimer celle de Dieu. L'artiste a des jouissances de ce genre, dans la contemplation et la reproduction des beautés de la nature; mais, en voyant la douleur des hommes qui peuplent ce paradis de la terre, l'artiste au cœur droit et humain est troublé au milieu de sa jouissance. Le bonheur serait là où l'esprit, le cœur et les bras, travaillant de concert sous l'œil de la Providence, une sainte harmonie existerait entre la munificence de Dieu et les ravissements de l'âme humaine. C'est alors qu'au lieu de la piteuse et affreuse mort, marchant dans son sillon, le fouet à la main, le peintre d'allégories pourrait placer à ses côtés un ange radieux, semant à pleines mains le blé béni sur le sillon fumant.

Et le rêve d'une existence douce, libre, poétique, laborieuse et simple pour l'homme des champs, n'est pas si difficile à concevoir qu'on doive le reléguer parmi les chimères. Le mot triste et doux de Virgile : « O heureux l'homme des champs s'il connaissait son

bonheur! » est un regret; mais, comme tous les re-
grets, c'est aussi une prédiction. Un jour viendra où le
laboureur pourra être aussi un artiste, sinon pour exprimer (ce qui importera assez peu alors), du moins
pour sentir le beau. Croit-on que cette mystérieuse in-
tuition de la poésie ne soit pas en lui déjà à l'état d'instinct et de vague rêverie? Chez ceux qu'un peu d'ai-
sance protège dès aujourd'hui, et chez qui l'excès du
malheur n'étouffe pas tout développement moral et intellectuel, le bonheur pur, senti et apprécié est à l'état
élémentaire; et, d'ailleurs, si du sein de la douleur et
de la fatigue, des voix de poètes se sont déjà élevées,
pourquoi dirait-on que le travail des bras est exclusif
des fonctions de l'âme? Sans doute cette exclusion est
le résultat général d'un travail excessif et d'une misère
profonde; mais qu'on ne dise pas que quand l'homme
travaillera modérément et utilement, il n'y aura plus
que de mauvais ouvriers et de mauvais poètes. Celui
qui puise de nobles jouissances dans le sentiment de la
poésie est un vrai poète, n'eût-il pas fait un vers dans
toute sa vie.

Mes pensées avaient pris ce cours, et je ne m'aperce-
vais pas que cette confiance dans l'éducabilité de
l'homme était fortifiée en moi par les influences exté-
rieures. Je marchais sur la lisière d'un champ que des
paysans étaient en train de préparer pour la semaille
prochaine. L'arène était vaste comme celle du tableau
d'Holbein. Le paysage était vaste aussi et encadrait de
grandes lignes de verdure, un peu rougie aux approches de l'automne, ce large terrain d'un brun vigoureux, où des pluies récentes avaient laissé, dans quelques sillons, des lignes d'eau que le soleil faisait briller
comme de minces filets d'argent. La journée était claire
et tiède, et la terre, fraîchement ouverte par le tran-
chant des charrues, exhalait une vapeur légère. Dans le
haut du champ un vieillard, dont le dos large et la fi-

gure sévère rappelaient celui d'Holbein, mais dont les
vêtements n'annonçaient pas la misère, poussait gravement son *areau*[1] de forme antique, traîné par deux
bœufs tranquilles, à la robe d'un jaune pâle, véritables
patriarches de la prairie, hauts de taille, un peu maigres, les cornes longues et rabattues, de ces vieux travailleurs qu'une longue habitude a rendus *frères,*
comme on les appelle dans nos campagnes, et qui, pri-
vés l'un de l'autre, se refusent au travail avec un nouveau compagnon et se laissent mourir de chagrin. Les
gens qui ne connaissent pas la campagne taxent de fa-
ble l'amitié du bœuf pour son camarade d'attelage.
Qu'ils viennent voir au fond de l'étable un pauvre animal maigre, exténué, battant de sa queue inquiète ses
flancs décharnés, soufflant avec effroi et dédain sur la
nourriture qu'on lui présente, les yeux toujours tour-
nés vers la porte, en grattant du pied la place vide à
ses côtés, flairant les jougs et les chaînes que son compagnon a portés, et l'appelant sans cesse avec de dé-
plorables mugissements. Le bouvier dira : « C'est une
paire de bœufs perdue; son frère est mort, et celui-là
ne travaillera plus. Il faudrait pouvoir l'engraisser pour
l'abattre; mais il ne veut pas manger, et bientôt il sera
mort de faim. »

Le vieux laboureur travaillait lentement, en silence,
sans efforts inutiles. Son docile attelage ne se pressait
pas plus que lui; mais, grâce à la continuité d'un labeur sans distraction et d'une dépense de forces éprou-
vées et soutenues, son sillon était aussi vite creusé que
celui de son fils, qui menait, à quelque distance, quatre
bœufs moins robustes, dans une veine de terres plus
fortes et plus pierreuses.

Mais ce qui attira ensuite mon attention était vérita-
blement un beau spectacle, un noble sujet pour un

---

1. *Areau :* charrue sans roues.

peintre. A l'autre extrémité de la plaine labourable, un jeune homme de bonne mine conduisait un attelage magnifique : quatre paires de jeunes animaux à robe sombre mêlée de noir fauve à reflets de feu, avec ces têtes courtes et frisées qui sentent encore le taureau sauvage, ces gros yeux farouches, ces mouvements brusques, ce travail nerveux et saccadé qui s'irrite encore du joug et de l'aiguillon et n'obéit qu'en frémissant de colère à la domination nouvellement imposée. C'est ce qu'on appelle des bœufs fraîchement liés. L'homme qui les gouvernait avait à défricher un coin naguère abandonné au pâturage et rempli de souches séculaires, travail d'athlète auquel suffisaient à peine son énergie, sa jeunesse et ses huit animaux quasi indomptés.

Un enfant de six à sept ans, beau comme un ange, et les épaules couvertes, sur sa blouse, d'une peau d'agneau qui le faisait ressembler au petit saint Jean-Baptiste des peintres de la Renaissance, marchait dans le sillon parallèle à la charrue et piquait le flanc des bœufs avec une gaule longue et légère, armée d'un aiguillon peu acéré. Les fiers animaux frémissaient sous la petite main de l'enfant, et faisaient grincer les jougs et les courroies liés à leur front, en imprimant au timon de violentes secousses. Lorsqu'une racine arrêtait le soc, le laboureur criait d'une voix puissante, appelant chaque bête par son nom, mais plutôt pour calmer que pour exciter; car les bœufs, irrités par cette brusque résistance, bondissaient, creusaient la terre de leurs larges pieds fourchus, et se seraient jetés de côté emportant l'areau à travers champs, si, de la voix et de l'aiguillon, le jeune homme n'eût maintenu les quatre premiers, tandis que l'enfant gouvernait les quatre autres. Il criait aussi, le pauvret, d'une voix qu'il voulait rendre terrible et qui restait douce comme sa figure angélique. Tout cela était beau de force ou de grâce : le paysage, l'homme, l'enfant, les taureaux sous le joug;

et, malgré cette lutte puissante où la terre était vaincue, il y avait un sentiment de douceur et de calme profond qui planait sur toutes choses. Quand l'obstacle était surmonté et que l'attelage reprenait sa marche égale et solennelle, le laboureur, dont la feinte violence n'était qu'un exercice de vigueur et une dépense d'activité, reprenait tout à coup la sérénité des âmes simples et jetait un regard de contentement paternel sur son enfant, qui se retournait pour lui sourire. Puis la voix mâle de ce jeune père de famille entonnait le chant solennel et mélancolique que l'antique tradition du pays transmet, non à tous les laboureurs indistinctement, mais aux plus consommés dans l'art d'exciter et de soutenir l'ardeur des bœufs de travail. Ce chant, dont l'origine fut peut-être considérée comme sacrée, et auquel de mystérieuses influences ont dû être attribuées jadis, est réputé encore aujourd'hui posséder la vertu d'entretenir le courage de ces animaux, d'apaiser leurs mécontentements et de charmer l'ennui de leur longue besogne. Il ne suffit pas de savoir bien les conduire en traçant un sillon parfaitement rectiligne, de leur alléger la peine en soulevant ou enfonçant à point le fer dans la terre : on n'est point un parfait laboureur si on ne sait chanter aux bœufs, et c'est là une science à part qui exige un goût et des moyens particuliers.

Ce chant n'est, à vrai dire, qu'une sorte de récitatif interrompu et repris à volonté. Sa forme irrégulière et ses intonations fausses selon les règles de l'art musical le rendent intraduisible. Mais ce n'en est pas moins un beau chant, et tellement approprié à la nature du travail qu'il accompagne, à l'allure du bœuf, au calme des lieux agrestes, à la simplicité des hommes qui le disent, qu'aucun génie étranger au travail de la terre ne l'eût inventé, et qu'aucun chanteur autre qu'un *fin laboureur* de cette contrée ne saurait le redire. Aux époques de l'année où il n'y a pas d'autre travail et d'au-

tre mouvement dans la campagne que celui du labourage, ce chant si doux et si puissant monte comme une
voix de la brise, à laquelle sa tonalité particulière
donne une certaine ressemblance. La note finale de
chaque phrase, tenue et tremblée avec une longueur et
une puissance d'haleine incroyable, monte d'un quart
de ton en faussant systématiquement. Cela est sauvage,
mais le charme en est indicible et quand on s'est habi-
tué à l'entendre, on ne conçoit pas qu'un autre chant
pût s'élever à ces heures et dans ces lieux-là, sans en
déranger l'harmonie.

Il se trouvait donc que j'avais sous les yeux un tableau qui contrastait avec celui d'Holbein, quoique ce
fût une scène pareille. Au lieu d'un triste vieillard, un
homme jeune et dispos; au lieu d'un attelage de chevaux efflanqués et harassés, un double quadrige de
bœufs robustes et ardents; au lieu de la mort, un bel
enfant; au lieu d'une image de désespoir et d'une idée
de destruction, un spectacle d'énergie et une pensée de
bonheur.

C'est alors que le quatrain français :

A la sueur de ton visaige, etc.

et le *O fortunatos... agricolas* de Virgile me revinrent ensemble à l'esprit, et qu'en voyant ce couple si beau,
l'homme et l'enfant, accomplir dans des conditions si
poétiques, et avec tant de grâce unie à la force, un
travail plein de grandeur et de solennité, je sentis
une pitié profonde mêlée à un regret involontaire.
Heureux le laboureur! oui, sans doute, je le serais à sa
place, si mon bras, devenu tout d'un coup robuste, et
ma poitrine devenue puissante, pouvaient ainsi fécon-
der et chanter la nature, sans que mes yeux cessassent
de voir et mon cerveau de comprendre l'harmonie des
couleurs et des sons, la finesse des tons et la grâce des

contours, en un mot la beauté mystérieuse des choses!
et surtout sans que mon cœur cessât d'être en relation
avec le sentiment divin qui a présidé à la création im-
mortelle et sublime.

Mais, hélas! cet homme n'a jamais compris le mystère du beau, cet enfant ne le comprendra jamais!...
Dieu me préserve de croire qu'ils ne soient pas supé-
rieurs aux animaux qu'ils dominent, et qu'ils n'aient
pas par instants une sorte de révélation extatique qui
charme leur fatigue et endort leurs soucis! Je vois sur
leurs nobles fronts le sceau du Seigneur, car ils sont
nés rois de la terre bien mieux que ceux qui la possèdent pour l'avoir payée. Et la preuve qu'ils le sentent,
c'est qu'on ne les dépayserait pas impunément, c'est
qu'ils aiment ce sol arrosé de leurs sueurs, c'est que le
vrai paysan meurt de nostalgie sous le harnais du soldat, loin du champ qui l'a vu naître. Mais il manque à
cet homme une partie des jouissances que je possède,
jouissances immatérielles qui lui seraient bien dues, à
lui, l'ouvrier du vaste temple que le ciel est assez vaste
pour embrasser. Il lui manque la connaissance de son
sentiment. Ceux qui l'ont condamné à la servitude dès
le ventre de sa mère, ne pouvant lui ôter la rêverie, lui
ont ôté la réflexion.

Eh bien! tel qu'il est, incomplet et condamné à une
éternelle enfance, il est encore plus beau que celui chez
qui la science a étouffé le sentiment. Ne vous élevez
pas au-dessus de lui, vous autres qui vous croyez inves-
tis du droit légitime et imprescriptible de lui comman-
der, car cette erreur effroyable où vous êtes prouve
que votre esprit a tué votre cœur, et que vous êtes les
plus incomplets et les plus aveugles des hommes!...
J'aime encore mieux cette simplicité de son âme que
les fausses lumières de la vôtre; et si j'avais à raconter
sa vie, j'aurais plus de plaisir à en faire ressortir les
côtés doux et touchants, que vous n'avez de mérite à

peindre l'abjection où les rigueurs et les mépris de vos préceptes sociaux peuvent le précipiter.

Je connaissais ce jeune homme et ce bel enfant, je savais leur histoire, car ils avaient une histoire, tout le monde a la sienne, et chacun pourrait intéresser au roman de sa propre vie, s'il l'avait compris... Quoique paysan et simple laboureur, Germain s'était rendu compte de ses devoirs et de ses affections. Il me les avait racontés naïvement, clairement, et je l'avais écouté avec intérêt. Quand je l'eus regardé labourer assez longtemps, je me demandai pourquoi son histoire ne serait pas écrite, quoique ce fût une histoire aussi simple, aussi droite et aussi peu ornée que le sillon qu'il traçait avec sa charrue.

L'année prochaine, ce sillon sera comblé et couvert par un sillon nouveau. Ainsi s'imprime et disparaît la trace de la plupart des hommes dans le champ de l'humanité. Un peu de terre l'efface, et les sillons que nous avons creusés se succèdent les uns aux autres comme les tombes dans le cimetière. Le sillon du laboureur ne vaut-il pas celui de l'oisif, qui a pourtant un nom, un nom qui restera, si, par une singularité ou une absurdité quelconque, il fait un peu de bruit dans le monde?...

Eh bien! arrachons, s'il se peut, au néant de l'oubli, le sillon de Germain, le *fin laboureur*. Il n'en saura rien et ne s'en inquiétera guère; mais j'aurai eu quelque plaisir à le tenter.

III

LE PÈRE MAURICE

— Germain, lui dit un jour son beau-père, il faut pourtant te décider à reprendre femme. Voilà bientôt deux ans que tu es veuf de ma fille, et ton aîné a sept ans. Tu approches de la trentaine, mon garçon, et tu sais que, passé cet âge-là, dans nos pays, un homme est réputé trop vieux pour entrer en ménage. Tu as trois beaux enfants, et jusqu'ici ils ne nous ont point embarrassés. Ma femme et ma bru les ont soignés de leur mieux, et les ont aimés comme elles le devaient. Voilà Petit-Pierre quasi élevé; il pique déjà les bœufs assez gentiment; il est assez sage pour garder les bêtes au pré, et assez fort pour mener les chevaux à l'abreuvoir. Ce n'est donc pas celui-là qui nous gêne; mais les deux autres, que nous aimons pourtant, Dieu le sait, les pauvres innocents nous donnent cette année beaucoup de souci. Ma bru est près d'accoucher et elle en a encore un tout petit sur les bras. Quand celui que nous attendons sera venu, elle ne pourra plus s'occuper de ta petite Solange, et surtout de ton Sylvain, qui n'a pas quatre ans et qui ne se tient guère en repos ni le jour ni la nuit. C'est un sang vif comme toi: ça sera un bon ouvrier, mais ça fait un terrible enfant, et ma vieille ne court plus assez vite pour le rattraper quand il se sauve du côté de la fosse, ou quand il se jette sous les pieds des bêtes. Et puis, avec cet autre que ma bru va mettre au monde, son avant-dernier va retomber pendant un an au moins sur les bras de ma femme. Donc tes enfants nous inquiètent et nous surchargent. Nous n'aimons pas à voir des enfants mal soignés; et quand on pense aux accidents qui peuvent leur arriver, faute de surveillance, on n'a pas la tête en repos. Il te faut donc une autre femme et à moi une autre bru. Songes-y, mon garçon. Je t'ai déjà averti plusieurs fois, le temps se passe, les années ne t'attendront point. Tu dois à tes enfants et à nous autres, qui voulons que tout aille bien dans la maison, de te marier au plus tôt.

— Eh bien, mon père, répondit le gendre, si vous le voulez absolument, il faudra donc vous contenter. Mais je ne veux pas vous cacher que cela me fera beaucoup de peine, et que je n'en ai guère plus d'envie que de me noyer. On sait qui on perd et ne sait pas qui l'on trouve. J'avais une brave femme, une belle femme, douce, courageuse, bonne à ses père et mère, bonne à son mari, bonne à ses enfants, bonne au travail, aux champs comme à la maison, adroite à l'ouvrage, bonne à tout enfin; et quand vous me l'avez donnée, quand je l'ai prise, nous n'avions pas mis dans nos conditions que je viendrais à l'oublier si j'avais le malheur de la perdre.

— Ce que tu dis là est d'un bon cœur, Germain, reprit le père Maurice; je sais que tu as aimé ma fille, que tu l'as rendue heureuse, et que si tu avais pu contenter la mort en passant à sa place, Catherine serait en vie à l'heure qu'il est, et toi dans le cimetière. Elle méritait bien d'être aimée de toi à ce point-là, et si tu ne t'en consoles pas, nous ne nous en consolons pas non plus. Mais je ne te parle pas de l'oublier. Le bon Dieu a voulu qu'elle nous quittât, et nous ne passons pas un jour sans lui faire savoir par nos prières, nos

pensées, nos paroles et nos actions, que nous respec-
tons son souvenir et que nous sommes fâchés de son
départ. Mais si elle pouvait te parler de l'autre monde
et te donner à connaître sa volonté, elle te commande-
rait de chercher une mère pour ses petits orphelins. Il
s'agit donc de rencontrer une femme qui soit digne de
la remplacer. Ce ne sera pas bien aisé; mais ce n'est
pas impossible; et quand nous te l'aurons trouvée, tu
l'aimeras comme tu aimais ma fille, parce que tu es un
honnête homme, et que tu lui sauras gré de nous rendre service et d'aimer tes enfants.

— C'est bien, père Maurice, dit Germain, je ferai votre volonté comme je l'ai toujours faite.

— C'est une justice à te rendre, mon fils, que tu as
toujours écouté l'amitié et les bonnes raisons de ton
chef de famille. Avisons donc ensemble au choix de ta
nouvelle femme. D'abord je ne suis pas d'avis que tu
prennes une jeunesse. Ce n'est pas ce qu'il te faut. La
jeunesse est légère; et comme c'est un fardeau d'élever
trois enfants, surtout quand ils sont d'un autre lit, il
faut une bonne âme bien sage, bien douce et très portée au travail. Si ta femme n'a pas environ le même
âge que toi, elle n'aura pas assez de raison pour accepter un pareil devoir. Elle te trouvera trop vieux et tes
enfants trop jeunes. Elle se plaindra et tes enfants pâti-
ront.

— Voilà justement ce qui m'inquiète, dit Germain. Si
ces pauvres petits venaient à être maltraités, haïs, bat-
tus?

— A Dieu ne plaise! reprit le vieillard. Mais les méchantes femmes sont plus rares dans notre pays que les
bonnes, et il faudrait être fou pour ne pas mettre la
main sur celle qui convient.

— C'est vrai, mon père : il y a de bonnes filles dans
notre village. Il y a la Louise, la Sylvaine, la Claudie,
la Marguerite... enfin, celle que vous voudrez.

— Doucement, doucement, mon garçon, toutes ces filles-là sont trop jeunes ou trop pauvres... ou trop jolies filles; car, enfin, il faut penser à cela aussi, mon fils. Une jolie femme n'est pas toujours aussi rangée qu'une autre.

— Vous voulez donc que j'en prenne une laide? dit Germain un peu inquiet.

— Non, point laide, car cette femme te donnera d'autres enfants, et il n'y a rien de si triste que d'avoir des enfants laids, chétifs, et malsains. Mais une femme encore fraîche, d'une bonne santé et qui ne soit ni belle ni laide, ferait très bien ton affaire.

— Je vois bien, dit Germain en souriant un peu tristement, que, pour l'avoir telle que vous la voulez, il faudra la faire faire exprès : d'autant plus que vous ne la voulez point pauvre, et que les riches ne sont pas faciles à obtenir surtout pour un veuf.

— Et si elle était veuve elle-même, Germain? là, une veuve sans enfants et avec un bon bien?

— Je n'en connais pas pour le moment dans notre paroisse.

— Ni moi non plus, mais il y en a ailleurs.

— Vous avez quelqu'un en vue, mon père; alors, dites-le tout de suite.

IV

GERMAIN LE FIN LABOUREUR

— Oui, j'ai quelqu'un en vue, répondit le père Maurice. C'est une Léonard, veuve d'un Guérin, qui demeure à Fourche.

— Je ne connais ni la femme ni l'endroit, répondit Germain résigné, mais de plus en plus triste.

— Elle s'appelle Catherine, comme ta défunte.

— Catherine? Oui, ça me fera plaisir d'avoir à dire ce nom-là : Catherine! Et pourtant, si je ne peux pas l'aimer autant que l'autre, ça me fera encore plus de peine, ça me la rappellera plus souvent.

— Je te dis que tu l'aimeras : c'est un bon sujet, une femme de grand cœur; je ne l'ai pas vue depuis longtemps, elle n'était pas laide fille alors; mais elle n'est plus jeune, elle a trente-deux ans. Elle est d'une bonne famille, tous braves gens, et elle a bien pour huit ou dix mille francs de terres, qu'elle vendrait volontiers pour en acheter d'autres dans l'endroit où elle s'établirait; car elle songe aussi à se remarier, et je sais que, si ton caractère lui convenait, elle ne trouverait pas ta position mauvaise.

— Vous avez donc déjà arrangé tout cela?

— Oui, sauf votre avis à tous les deux; et c'est ce qu'il faudrait vous demander l'un à l'autre, en faisant

connaissance. Le père de cette femme-là est un peu
mon parent, et il a été beaucoup mon ami. Tu le connais bien, le père Léonard?

— Oui, je l'ai vu vous parler dans les foires, et à la
dernière, vous avez déjeuné ensemble; c'est donc de
cela qu'il vous entretenait si longuement?

— Sans doute; il te regardait vendre tes bêtes et il
trouvait que tu t'y prenais bien, que tu étais un garçon
de bonne mine, que tu paraissais actif et entendu; et
quand je lui eus dit tout ce que tu es et comme tu te
conduis bien avec nous, depuis huit ans que nous vivons et travaillons ensemble, sans avoir jamais eu un
mot de chagrin[1] ou de colère, il s'est mis dans la tête
de te faire épouser sa fille; ce qui me convient aussi, je
te le confesse, d'après la bonne renommée qu'elle a,
d'après l'honnêteté de sa famille et les bonnes affaires
où je sais qu'ils sont.

— Je vois, père Maurice, que vous tenez un peu aux
bonnes affaires.

— Sans doute, j'y tiens. Est-ce que tu n'y tiens pas
aussi?

— J'y tiens si vous voulez, pour vous faire plaisir;
mais vous savez que, pour ma part, je ne m'embarrasse
jamais de ce qui me revient ou de ce qui ne me revient pas dans nos profits. Je ne m'entends pas à faire
des partages, et ma tête n'est pas bonne pour ces
choses-là. Je connais la terre, je connais les bœufs, les
chevaux, les attelages, les semences, la battaison[2], les
fourrages. Pour les moutons, la vigne, le jardinage, les
menus profits et la culture fine[3], vous savez que ça regarde votre fils et je ne m'en mêle pas beaucoup.
Quant à l'argent, ma mémoire est courte, et j'aimerais

---

1. *Chagrin* : mauvaise humeur.
2. *Battaison* : battage.
3. *Menus profits et culture fine* : jardinage et soins aux arbres fruitiers.

mieux tout céder que de disputer sur le tien et le mien. Je craindrais de me tromper et de réclamer ce qui ne m'est pas dû, et si les affaires n'étaient pas simples et claires, je ne m'y retrouverais jamais.

— C'est tant pis, mon fils, et voilà pourquoi j'aimerais que tu eusses une femme de tête pour me remplacer quand je n'y serai plus. Tu n'as jamais voulu voir clair dans nos comptes, et ça pourrait t'amener du désagrément avec mon fils, quand vous ne m'aurez plus pour vous mettre d'accord et vous dire ce qui vous revient à chacun.

— Puissiez-vous vivre longtemps, père Maurice! Mais ne vous inquiétez pas de ce qui sera après vous; jamais je ne me disputerai avec votre fils. Je me fie à Jacques comme à vous-même, et comme je n'ai pas de bien à moi, que tout ce qui peut me revenir provient de votre fille et appartient à nos enfants, je peux être tranquille et vous aussi; Jacques ne voudrait pas dépouiller les enfants de sa sœur pour les siens, puisqu'il les aime quasi autant les uns que les autres.

— Tu as raison en cela, Germain. Jacques est un bon fils, un bon frère, et un homme qui aime la vérité. Mais Jacques peut mourir avant toi, avant que vos enfants soient élevés, et il faut toujours songer, dans une famille, à ne pas laisser des mineurs sans un chef pour les bien conseiller et régler leurs différends. Autrement les gens de loi s'en mêlent, les brouillent ensemble et leur font tout manger en procès. Ainsi donc, nous ne devons pas penser à mettre chez nous une personne de plus, soit homme, soit femme, sans nous dire qu'un jour cette personne-là aura peut-être à diriger la conduite et les affaires d'une trentaine d'enfants, petits-enfants, gendres et brus... On ne sait pas combien une famille peut s'accroître, et quand la ruche est trop pleine, qu'il faut essaimer, chacun songe à emporter son miel. Quand je t'ai pris pour gendre, quoique

ma fille fût riche et toi pauvre, je ne lui ai pas fait reproche de t'avoir choisi. Je te voyais bon travailleur, et
je savais bien que la meilleure richesse pour des gens
de campagne comme nous, c'est une paire de bras et
un cœur comme les tiens. Quand un homme apporte
cela dans une famille, il apporte assez. Mais une
femme, c'est différent : son travail dans la maison est
bon pour conserver, non pour acquérir. D'ailleurs, à
présent que tu es père et que tu cherches femme, il
faut songer que tes nouveaux enfants, n'ayant rien à
prétendre dans l'héritage de ceux du premier lit, se
trouveraient dans la misère si tu venais à mourir, à
moins que ta femme n'eût quelque bien de son côté.
Et puis, les enfants dont tu vas augmenter notre colo-
nie coûteront quelque chose à nourrir. Si cela retom-
bait sur nous seuls, nous les nourririons, bien certainement, et sans nous en plaindre; mais le bien-être de
tout le monde en serait diminué, et les premiers enfants auraient leur part de privations là-dedans. Quand
les familles augmentent outre mesure sans que le bien
augmente en proportion, la misère vient, quelque
courage qu'on y mette. Voilà mes observations, Germain, pèse-les, et tâche de te faire agréer à la veuve
Guérin; car sa bonne conduite et ses écus apporteront
ici de l'aide dans le présent et de la tranquillité pour
l'avenir.

— C'est dit, mon père. Je vais tâcher de lui plaire et
qu'elle me plaise.

— Pour cela il faut la voir et aller la trouver.

— Dans son endroit? A Fourche? C'est loin d'ici,
n'est-ce-pas? et nous n'avons guère le temps de courir
dans cette saison.

— Quand il s'agit d'un mariage d'amour, il faut s'attendre à perdre du temps; mais quand c'est un mariage de raison entre deux personnes qui n'ont pas de
caprices et savent ce qu'elles veulent, c'est bientôt dé-

cidé. C'est demain samedi; tu feras ta journée de la-
bour un peu courte, tu partiras vers les deux heures
après dîner[1]; tu seras à Fourche à la nuit; la lune est
grande dans ce moment-ci, les chemins sont bons, et il
n'y a pas plus de trois lieues de pays. C'est près du
Magnier. D'ailleurs tu prendras la jument.

— J'aimerais autant aller à pied, par ce temps frais.

— Oui, mais la jument est belle, et un prétendu qui
arrive aussi bien monté a meilleur air. Tu mettras tes
habits neufs, et tu porteras un joli présent de gibier au
père Léonard. Tu arriveras de ma part, tu causeras
avec lui, tu passeras la journée du dimanche avec sa
fille, et tu reviendras avec un oui ou un non lundi matin.

— C'est entendu, répondit tranquillement Germain;
et pourtant il n'était pas tout à fait tranquille.

Germain avait toujours vécu sagement comme vivent
les paysans laborieux. Marié à vingt ans, il n'avait aimé
qu'une femme dans sa vie, et, depuis son veuvage,
quoiqu'il fût d'un caractère impétueux et enjoué, il
n'avait ri et folâtré avec aucune autre. Il avait porté fi-
dèlement un véritable regret dans son cœur, et ce
n'était pas sans crainte et sans tristesse qu'il cédait à
son beau-père; mais le beau-père avait toujours gou-
verné sagement la famille, et Germain, qui s'était dé-
voué tout entier à l'œuvre commune, et, par consé-
quent, à celui qui la personnifiait, au père de famille,
Germain ne comprenait pas qu'il eût pu se révolter
contre de bonnes raisons, contre l'intérêt de tous.

Néanmoins il était triste. Il se passait peu de jours
qu'il ne pleurât sa femme en secret, et, quoique la solitude commençât à lui peser, il était plus effrayé de for-
mer une union nouvelle que désireux de se soustraire à
son chagrin. Il se disait vaguement que l'amour eût pu

---

1. *Après dîner* : après déjeuner.

le consoler, en venant le surprendre, car l'amour ne console pas autrement. On ne le trouve pas quand on le cherche; il vient à nous quand nous ne l'attendons pas. Ce froid projet de mariage que lui montrait le père Maurice, cette fiancée inconnue, peut-être même tout ce bien qu'on lui disait de sa raison et de sa vertu, lui donnaient à penser. Et il s'en allait, songeant, comme songent les hommes qui n'ont pas assez d'idées pour qu'elles se combattent entre elles, c'est-à-dire ne se formulant pas à lui-même de belles raisons de résistance et d'égoïsme, mais souffrant d'une douleur sourde, et ne luttant pas contre un mal qu'il fallait accepter.

Cependant, le père Maurice était rentré à la métairie, tandis que Germain, entre le coucher du soleil et la nuit, occupait la dernière heure du jour à fermer les brèches que les moutons avaient faites à la bordure d'un enclos voisin des bâtiments. Il relevait les tiges d'épine et les soutenait avec des mottes de terre, tandis que les grives babillaient dans le buisson voisin et semblaient lui crier de se hâter, curieuses qu'elles étaient de venir examiner son ouvrage aussitôt qu'il serait parti.

V

LA GUILLETTE

Le père Maurice trouva chez lui une vieille voisine qui était venue causer avec sa femme tout en cherchant de la braise pour allumer son feu. La mère Guillette habitait une chaumière fort pauvre à deux portées de fusil de la ferme. Mais c'était une femme d'ordre et de volonté. Sa pauvre maison était propre et bien tenue, et ses vêtements rapiécés avec soin annonçaient le respect de soi-même au milieu de la détresse.

— Vous êtes venue chercher le feu du soir, mère Guillette, lui dit le vieillard. Voulez-vous quelque autre chose?

— Non, père Maurice, répondit-elle; rien pour le moment. Je ne suis pas quémandeuse, vous le savez, et je n'abuse pas de la bonté de mes amis.

— C'est la vérité; aussi vos amis sont toujours prêts à vous rendre service.

— J'étais en train de causer avec votre femme, et je lui demandais si Germain se décidait enfin à se remarier.

— Vous n'êtes point une bavarde, répondit le père Maurice, on peut parler devant vous sans craindre les propos : ainsi je dirai à ma femme et à vous que Germain est tout à fait décidé; il part demain pour le domaine de Fourche.

— A la bonne heure! s'écria la mère Maurice; ce pauvre enfant! Dieu veuille qu'il trouve une femme aussi bonne et aussi brave que lui!

— Ah! il va à Fourche? observa la Guillette. Voyez comme ça se trouve! cela m'arrange beaucoup, et puisque vous me demandiez tout à l'heure si je désirais quelque chose, je vas vous dire, père Maurice, en quoi vous pouvez m'obliger.

— Dites, dites, vous obliger, nous le voulons.

— Je voudrais que Germain prît la peine d'emmener ma fille avec lui.

— Où donc? à Fourche?

— Non, pas à Fourche; mais aux Ormeaux, où elle va rester le reste de l'année.

— Comment! dit la mère Maurice, vous vous séparez de votre fille?

— Il faut bien qu'elle entre en condition et qu'elle gagne quelque chose. Ça me fait assez de peine et à elle aussi, la pauvre âme! Nous n'avons pas pu nous décider à nous quitter à l'époque de la Saint-Jean; mais voilà que la Saint-Martin arrive, et qu'elle trouve une bonne place de bergère dans les fermes des Ormeaux. Le fermier passait l'autre jour par ici en revenant de la foire. Il vit ma petite Marie qui gardait ses trois moutons sur le communal. « Vous n'êtes guère occupée, ma petite fille, qu'il lui dit; et trois moutons pour une *pastoure,* ce n'est guère. Voulez-vous en garder cent? je vous emmène. La bergère de chez nous est tombée malade, elle retourne chez ses parents, et si vous voulez être chez nous avant huit jours, vous aurez cinquante francs pour le reste de l'année jusqu'à la Saint-Jean. » L'enfant a refusé, mais elle n'a pu se défendre d'y songer et de me le dire lorsqu'en rentrant le soir elle m'a vue triste et embarrassée de passer l'hiver, qui va être rude et long, puisqu'on a vu, cette année, les grues et les oies sauvages traverser les airs un grand

mois plus tôt que de coutume. Nous avons pleuré toutes deux; mais enfin le courage est venu. Nous nous
sommes dit que nous ne pouvions pas rester ensemble,
puisqu'il y a à peine de quoi faire vivre une seule personne sur notre lopin de terre; et puisque Marie est en
âge (la voilà qui prend seize ans), il faut bien qu'elle
fasse comme les autres, qu'elle gagne son pain et
qu'elle aide sa pauvre mère.

— Mère Guillette, dit le vieux laboureur, s'il ne fallait que cinquante francs pour vous consoler de vos
peines et vous dispenser d'envoyer votre enfant au
loin, vrai, je vous les ferais trouver, quoique cinquante
francs pour des gens comme nous ça commence à peser. Mais en toutes choses il faut consulter la raison
autant que l'amitié. Pour être sauvée de la misère de
cet hiver, vous ne le serez pas de la misère à venir, et
plus votre fille tardera à prendre un parti, plus elle et
vous aurez de peine à vous quitter. La petite Marie se
fait grande et forte, et elle n'a pas de quoi s'occuper
chez vous. Elle pourrait y prendre l'habitude de la fai-
néantise...

— Oh! pour cela, je ne le crains pas, dit la Guillette. Marie est courageuse autant que fille riche et à la
tête d'un gros travail puisse l'être. Elle ne reste pas un
instant les bras croisés, et quand nous n'avons pas
d'ouvrage, elle nettoie et frotte nos pauvres meubles
qu'elle rend clairs comme des miroirs. C'est une enfant
qui vaut son pesant d'or, et j'aurais bien mieux aimé
qu'elle entrât chez vous comme bergère que d'aller si
loin chez des gens que je ne connais pas. Vous l'auriez
prise à la Saint-Jean, si nous avions su nous décider;
mais à présent vous avez loué tout votre monde, et ce
n'est qu'à la Saint-Jean de l'autre année que nous
pourrons y songer.

— Eh! j'y consens de tout mon cœur, Guillette! Cela
me fera plaisir. Mais en attendant, elle fera bien d'ap-

prendre un état et de s'habituer à servir les autres.

— Oui, sans doute; le sort en est jeté. Le fermier des
Ormeaux l'a fait demander ce matin; nous avons dit
oui, et il faut qu'elle parte. Mais la pauvre enfant ne
sait pas le chemin, et je n'aimerais pas à l'envoyer si
loin toute seule. Puisque votre gendre va à Fourche demain, il peut bien l'emmener. Il paraît que c'est tout à
côté du domaine où elle va, à ce qu'on m'a dit; car je
n'ai jamais fait ce voyage-là.

— C'est tout à côté, et mon gendre la conduira. Cela
se doit; il pourra même la prendre en croupe sur la
jument, ce qui ménagera ses souliers. Le voilà qui ren-
tre pour souper. Dis-moi, Germain, la petite Marie à
la mère Guillette s'en va bergère aux Ormeaux. Tu la
conduiras sur ton cheval, n'est-ce pas?

— C'est bien, répondit Germain qui était soucieux,
mais toujours disposé à rendre service à son prochain.

Dans notre monde à nous, pareille chose ne viendrait pas à la pensée d'une mère, de confier une fille
de seize ans à un homme de vingt-huit; car Germain
n'avait réellement que vingt-huit ans; et quoique, selon
les idées de son pays, il passât pour vieux au point de
vue du mariage, il était encore le plus bel homme de
l'endroit. Le travail ne l'avait pas creusé et flétri
comme la plupart des paysans qui ont dix années de
labourage sur la tête. Il était de force à labourer encore dix ans sans paraître vieux, et il eût fallu que le
préjugé de l'âge fût bien fort sur l'esprit d'une jeune
fille pour l'empêcher de voir que Germain avait le
teint frais, l'œil vif et bleu comme le ciel de mai, la
bouche rose, des dents superbes, le corps élégant et
souple comme celui d'un jeune cheval qui n'a pas encore quitté le pré.

Mais la chasteté des mœurs est une tradition sacrée
dans certaines campagnes éloignées du mouvement cor-
rompu des grandes villes, et, entre toutes les familles

de Belair, la famille de Maurice était réputée honnête
et servant la vérité. Germain s'en allait chercher
femme; Marie était une enfant trop jeune et trop pauvre pour qu'il y songeât dans cette vue, et, à moins
d'être un *sans cœur* et un *mauvais homme,* il était impossible qu'il eût une coupable pensée auprès d'elle. Le
père Maurice ne fut donc nullement inquiet de lui voir
prendre en croupe cette jolie fille; la Guillette eût cru
lui faire injure si elle lui eût recommandé de la respecter comme sa sœur; Marie monta sur la jument en
pleurant, après avoir vingt fois embrassé sa mère et ses
jeunes amies. Germain, qui était triste pour son
compte, compatissait d'autant plus à son chagrin, et
s'en alla d'un air sérieux, tandis que les gens du voisi-
nage disaient adieu de la main à la pauvre Marie sans
songer à mal.

VI

PETIT-PIERRE

La Grise était jeune, belle et vigoureuse. Elle portait sans effort son double fardeau, couchant les oreilles et rongeant son frein, comme une fière et ardente jument qu'elle était. En passant devant le pré-long elle aperçut sa mère, qui s'appelait la vieille Grise, comme elle la jeune Grise, et elle hennit en signe d'adieu. La vieille Grise approcha de la haie en faisant résonner ses enfergés[1], essaya de galoper sur la marge du pré pour suivre sa fille; puis, la voyant prendre le grand trot, elle hennit à son tour, et resta pensive, inquiète, le nez au vent, la bouche pleine d'herbes qu'elle ne songeait plus à manger.

— Cette pauvre bête connaît toujours sa progéniture, dit Germain pour distraire la petite Marie de son chagrin. Ça me fait penser que je n'ai pas embrassé mon Petit-Pierre avant de partir. Le mauvais enfant n'était pas là! Il voulait, hier au soir, me faire promettre de l'emmener, et il a pleuré pendant une heure dans son lit. Ce matin, encore, il a tout essayé pour me persuader. Oh! qu'il est adroit et câlin! mais quand il a vu

---

1. *Enferges* (ou *enfarges*) : entraves aux pieds des chevaux pour les empêcher de courir.

que ça ne se pouvait pas, monsieur s'est fâché : il est parti dans les champs, et je ne l'ai pas revu de la journée.

— Moi, je l'ai vu, dit la petite Marie en faisant effort pour rentrer ses larmes. Il courait avec les enfants de Soulas du côté des tailles[1], et je me suis bien doutée qu'il était hors de la maison depuis longtemps, car il avait faim et mangeait des prunelles et des mûres de buisson. Je lui ai donné le pain de mon goûter, et il m'a dit : Merci, ma Marie mignonne : quand tu viendras chez nous, je te donnerai de la galette. C'est un enfant trop gentil que vous avez là, Germain!

— Oui, qu'il est gentil, reprit le laboureur, et je ne sais pas ce que je ne ferais pas pour lui! Si sa grand-mère n'avait pas eu plus de raison que moi, je n'aurais pas pu me tenir de l'emmener, quand je le voyais pleurer si fort que son pauvre petit cœur en était tout gonflé.

— Eh bien! pourquoi ne l'auriez-vous pas emmené, Germain? Il ne vous aurait guère embarrassé; il est si raisonnable quand on fait sa volonté!

— Il paraît qu'il aurait été de trop là où je vais. Du moins c'était l'avis du père Maurice... Moi, pourtant, j'aurais pensé qu'au contraire il fallait voir comment on le recevrait, et qu'un si gentil enfant ne pouvait qu'être pris en bonne amitié... Mais ils disent à la maison qu'il ne faut pas commencer par faire voir les charges du ménage... Je ne sais pas pourquoi je te parle de ça, petite Marie; tu n'y comprends rien.

— Si fait, Germain; je sais que vous allez vous marier; ma mère me l'a dit, en me recommandant de n'en parler à personne, ni chez vous, ni là où je vais, et vous pouvez être tranquille : je n'en dirai mot.

---

1. *Tailles :* bois coupés qui commencent à repousser.

— Tu feras bien, car ce n'est pas fait; peut-être que je ne conviendrai pas à la femme en question.

— Il faut espérer que si, Germain. Pourquoi donc ne lui conviendrez-vous pas?

— Qui sait? J'ai trois enfants, et c'est lourd pour une femme qui n'est pas leur mère!

— C'est vrai, mais vos enfants ne sont pas comme d'autres enfants.

— Crois-tu?

— Ils sont beaux comme des petits anges, et si bien élevés qu'on n'en peut pas voir de plus aimables.

— Il y a Sylvain qui n'est pas trop commode.

— Il est tout petit! il ne peut pas être autrement que terrible, mais il a tant d'esprit!

— C'est vrai qu'il a de l'esprit : et un courage! Il ne craint ni vaches, ni taureaux, et si on le laissait faire, il grimperait déjà sur les chevaux avec son aîné.

— Moi, à votre place, j'aurais amené l'aîné. Bien sûr ça vous aurait fait aimer tout de suite, d'avoir un enfant si beau!

— Oui, si la femme aime les enfants; mais si elle ne les aime pas!

— Est-ce qu'il y a des femmes qui n'aiment pas les enfants?

— Pas beaucoup, je pense; mais enfin il y en a, et c'est là ce qui me tourmente.

— Vous ne la connaissez donc pas du tout cette femme?

— Pas plus que toi, et je crains de ne pas la mieux connaître, après que je l'aurai vue. Je ne suis pas méfiant, moi. Quand on me dit de bonnes paroles, j'y crois : mais j'ai été plus d'une fois à même de m'en repentir, car les paroles ne sont pas des actions.

— On dit que c'est une fort brave femme.

— Qui dit cela? le père Maurice!

— Oui, votre beau-père.

— C'est fort bien : mais il ne la connaît pas non plus.

— Eh bien, vous la verrez tantôt, vous ferez grande attention, et il faut espérer que vous ne vous tromperez pas, Germain.

— Tiens, petite Marie, je serais bien aise que tu entres un peu dans la maison, avant de t'en aller tout droit aux Ormeaux : tu es fine, toi, tu as toujours montré de l'esprit, et tu fais attention à tout. Si tu vois quelque chose qui te donne à penser, tu m'en avertiras tout doucement.

— Oh! non, Germain, je ne ferai pas cela! je craindrais trop de me tromper; et, d'ailleurs, si une parole dite à la légère venait à vous dégoûter de ce mariage, vos parents m'en voudraient, et j'ai bien assez de chagrins comme ça, sans en attirer d'autres sur ma pauvre chère femme de mère.

Comme ils devisaient ainsi, la Grise fit un écart en dressant les oreilles, puis revint sur ses pas et se rapprocha du buisson, où quelque chose qu'elle commençait à reconnaître l'avait d'abord effrayée. Germain jeta un regard sur le buisson, et vit dans le fossé, sous les branches épaisses et encore fraîches d'un têteau[1] de chêne, quelque chose qu'il prit pour un agneau.

— C'est une bête égarée, dit-il, ou morte, car elle ne bouge. Peut-être que quelqu'un la cherche; il faut voir!

— Ce n'est pas une bête, s'écria la petite Marie : c'est un enfant qui dort; c'est votre Petit-Pierre.

— Par exemple! dit Germain en descendant de cheval : voyez ce petit garnement qui dort là, si loin de la maison, et dans un fossé où quelque serpent pourrait bien le trouver!

---

1. *Têteau :* arbre dont on coupe les branches et dont le sommet a la forme d'une grosse tête.

Il prit dans ses bras l'enfant qui lui sourit en ouvrant les yeux et jeta ses bras autour de son cou en lui disant : Mon petit père, tu vas m'emmener avec toi!

— Ah oui! toujours la même chanson! Que faisiez-vous là, mauvais Pierre?

— J'attendais mon petit père à passer, dit l'enfant; je regardais sur le chemin, et à force de regarder, je me suis endormi.

— Et si j'étais passé sans te voir, tu serais resté toute la nuit dehors, et le loup t'aurait mangé!

— Oh! je savais bien que tu me verrais! répondit Petit-Pierre avec confiance.

— Eh bien, à présent, mon Pierre, embrasse-moi, dis-moi adieu, et retourne vite à la maison, si tu ne veux pas qu'on soupe sans toi.

— Tu ne veux donc pas m'emmener! s'écria le petit en commençant à frotter ses yeux pour montrer qu'il avait dessein de pleurer.

— Tu sais bien que grand-père et grand-mère ne le veulent pas, dit Germain, se retranchant derrière l'autorité des vieux parents, comme un homme qui ne compte guère sur la sienne propre.

Mais l'enfant n'entendit rien. Il se prit à pleurer tout de bon, disant que, puisque son père emmenait la petite Marie, il pouvait bien l'emmener aussi. On lui objecta qu'il fallait passer les grands bois, qu'il y avait là beaucoup de méchantes bêtes qui mangeaient les petits enfants, que la Grise ne voulait pas porter trois personnes, qu'elle l'avait déclaré en partant, et que dans le pays où l'on se rendait, il n'y avait ni lit ni souper pour les marmots. Toutes ces excellentes raisons ne persuadèrent point Petit-Pierre; il se jeta sur l'herbe, et s'y roula, en criant que son petit père ne l'aimait plus, et que s'il ne l'emmenait pas, il ne rentrerait point du jour ni de la nuit à la maison.

Germain avait un cœur de père aussi tendre et aussi faible que celui d'une femme. La mort de la sienne, les soins qu'il avait été forcé de rendre seul à ses petits, aussi la pensée que ces pauvres enfants sans mère avaient besoin d'être beaucoup aimés, avaient contribué à le rendre ainsi, et il se fit en lui un si rude combat, d'autant plus qu'il rougissait de sa faiblesse et s'efforçait de cacher son malaise à la petite Marie, que la sueur lui en vint au front et que ses yeux se bordèrent de rouge, prêts à pleurer aussi. Enfin il essaya de se mettre en colère; mais, en se retournant vers la petite Marie, comme pour la prendre à témoin de sa fermeté d'âme, il vit que le visage de cette bonne fille était baigné de larmes, et tout son courage l'abandonnant, il lui fut impossible de retenir les siennes, bien qu'il grondât et menaçât encore.

— Vrai, vous avez le cœur trop dur, lui dit enfin la petite Marie, et, pour ma part, je ne pourrai jamais résister comme cela à un enfant qui a un si gros chagrin. Voyons, Germain, emmenez-le. Votre jument est bien habituée à porter deux personnes et un enfant, à preuve que votre beau-frère et sa femme, qui est plus lourde que moi de beaucoup, vont au marché le samedi avec leur garçon, sur le dos de cette bonne bête. Vous le mettrez à cheval devant vous, et d'ailleurs j'aime mieux m'en aller toute seule à pied que de faire de la peine à ce petit.

— Qu'à cela ne tienne, répondit Germain, qui mourait d'envie de se laisser convaincre. La Grise est forte et en porterait deux de plus, s'il y avait place sur son échine. Mais que ferons-nous de cet enfant en route? il aura froid, il aura faim... et qui prendra soin de lui ce soir et demain pour le coucher, le laver et le rhabiller? Je n'ose pas donner cet ennui-là à une femme que je ne connais pas, et qui trouvera, sans doute, que je suis bien sans façons avec elle pour commencer.

— D'après l'amitié ou l'ennui qu'elle montrera, vous la connaîtrez tout de suite, Germain, croyez-moi; et d'ailleurs, si elle rebute votre Pierre, moi je m'en charge. J'irai chez elle l'habiller et je l'emmènerai aux champs demain. Je l'amuserai toute la journée et j'aurai soin qu'il ne manque de rien.

— Et il t'ennuiera, ma pauvre fille! Il te gênera! toute une journée, c'est long!

— Ça me fera plaisir, au contraire, ça me tiendra compagnie, et ça me rendra moins triste le premier jour que j'aurai à passer dans un nouveau pays. Je me figurerai que je suis encore chez nous.

L'enfant, voyant que la petite Marie prenait son parti, s'était cramponné à sa jupe et la tenait si fort qu'il eût fallu lui faire du mal pour l'en arracher. Quand il reconnut que son père cédait, il prit la main de Marie dans ses deux petites mains brunies par le soleil, et l'embrassa en sautant de joie et en la tirant vers la jument, avec cette impatience ardente que les enfants portent dans leurs désirs.

— Allons, allons, dit la jeune fille, en le soulevant dans ses bras, tâchons d'apaiser ce pauvre cœur qui saute comme un petit oiseau, et si tu sens le froid quand la nuit viendra, dis-le-moi, mon Pierre, je te serrerai dans ma cape. Embrasse ton petit père, et demande-lui pardon d'avoir fait le méchant. Dis que ça ne t'arrivera plus, jamais! jamais, entends-tu?

— Oui, oui, à condition que je ferai toujours sa volonté, n'est-ce pas? dit Germain en essuyant les yeux du petit avec son mouchoir : ah! Marie, vous me le gâtez, ce drôle-là!... Et vraiment, tu es une trop bonne fille, petite Marie. Je ne sais pas pourquoi tu n'es pas entrée bergère chez nous à la Saint-Jean dernière. Tu aurais pris soin de mes enfants, et j'aurais mieux aimé te payer un bon prix pour les servir, que d'aller cher-

cher une femme qui croira peut-être me faire beaucoup de grâce en ne les détestant pas.

— Il ne faut pas voir comme ça les choses par le
mauvais côté, répondit la petite Marie, en tenant
la bride du cheval pendant que Germain plaçait
son fils sur le devant du large bât garni de peau de
chèvre : si votre femme n'aime pas les enfants, vous
me prendrez à votre service l'an prochain, et, soyez
tranquille, je les amuserai si bien qu'ils ne s'apercevront
de rien.

VII

DANS LA LANDE

— Ah çà, dit Germain, lorsqu'ils eurent fait quelques pas, que va-t-on penser à la maison en ne voyant pas rentrer ce petit bonhomme? Les parents vont être inquiets et le chercheront partout.

— Vous allez dire au cantonnier qui travaille là-haut sur la route que vous l'emmenez, et vous lui recommanderez d'avertir votre monde.

— C'est vrai, Marie, tu t'avises de tout, toi; moi, je ne pensais plus que Jeannie devait être par là.

— Et justement, il demeure tout près de la métairie; et il ne manquera pas de faire la commission.

Quand on eut avisé à cette précaution, Germain remit la jument au trot, et Petit-Pierre était si joyeux, qu'il ne s'aperçut pas tout de suite qu'il n'avait pas dîné; mais le mouvement du cheval lui creusant l'estomac, il se prit, au bout d'une lieue, à bâiller, à pâlir, et à confesser qu'il mourait de faim.

— Voilà que ça commence, dit Germain. Je savais bien que nous n'irions pas loin sans que ce monsieur criât la faim ou la soif.

— J'ai soif aussi! dit Petit-Pierre.

— Eh bien! nous allons donc entrer dans le cabaret de la mère Rebec, à Corlay, au *Point du jour,* Belle en-

seigne, mais pauvre gîte! Allons, Marie, tu boiras aussi
un doigt de vin.

— Non, non, je n'ai besoin de rien, dit-elle, je tien-
drai la jument pendant que vous entrerez avec le petit.

— Mais j'y songe, ma bonne fille, tu as donné ce
matin le pain de ton goûter à mon Pierre, et toi tu es
à jeun; tu n'as pas voulu dîner avec nous à la maison,
tu ne faisais que pleurer.

— Oh! je n'avais pas faim, j'avais trop de peine! et
je vous jure qu'à présent encore je ne sens aucune envie de manger.

— Il faut te forcer, petite; autrement tu seras malade. Nous avons du chemin à faire, et il ne faut pas
arriver là-bas comme des affamés pour demander du
pain avant de dire bonjour. Moi-même je veux te donner l'exemple, quoique je n'aie pas grand appétit;
mais j'en viendrai à bout, vu que, après tout, je n'ai
pas dîné non plus. Je vous voyais pleurer, toi et ta
mère, et ça me troublait le cœur. Allons, allons, je vais
attacher la Grise à la porte; descends, je le veux.

Il entrèrent tous trois chez la Rebec, et, en moins
d'un quart d'heure, la grosse boiteuse réussit à leur
servir une omelette de bonne mine, du pain bis et du
vin clairet.

Les paysans ne mangent pas vite, et le petit Pierre
avait si grand appétit qu'il se passa bien une heure
avant que Germain pût songer à se remettre en route.
La petite Marie avait mangé par complaisance d'abord;
puis, peu à peu, la faim était venue : car à seize ans
on ne peut pas faire longtemps diète, et l'air des campagnes est impérieux. Les bonnes paroles que Germain
sut lui dire pour la consoler et lui faire prendre courage produisirent aussi leur effet; elle fit effort pour se
persuader que sept mois seraient bientôt passés, et
pour songer au bonheur qu'elle aurait de se retrouver
dans sa famille et dans son hameau, puisque le père

Maurice et Germain s'accordaient pour lui promettre de la prendre à leur service. Mais comme elle commençait à s'égayer et à badiner avec le petit, Pierre, Germain eut la malheureuse idée de lui faire regarder par la fenêtre du cabaret, la belle vue de la vallée qu'on voit tout entière de cette hauteur, et qui est si riante, si verte et si fertile. Marie regarda et demanda si de là on voyait les maisons de Bélair.

— Sans doute, dit Germain, et la métairie, et même ta maison. Tiens, ce petit point gris, pas loin du grand peuplier à Godard, plus bas que le clocher.

— Ah! je la vois, dit la petite; et là-dessus elle recommença de pleurer.

— J'ai eu tort de te faire songer à ça, dit Germain, je ne fais que des bêtises aujourd'hui! Allons, Marie, partons, ma fille; les jours sont courts, et dans une heure, quand la lune montera, il ne fera pas chaud.

Ils se remirent en route, traversèrent la grande *brande*[1], et comme, pour ne pas fatiguer la jeune fille et l'enfant par un trop grand trot, Germain ne pouvait faire aller la Grise bien vite, le soleil était couché quand ils quittèrent la route pour gagner les bois.

Germain connaissait le chemin jusqu'au Magnier; mais il pensa qu'il aurait plus court en ne prenant pas l'avenue de Chanteloube, mais en descendant par Presles et la Sépulture, direction qu'il n'avait pas l'habitude de prendre quand il allait à la foire. Il se trompa et perdit encore un peu de temps avant d'entrer dans le bois; encore n'y entra-t-il point par le bon côté, et il ne s'en aperçut pas, si bien qu'il tourna le dos à Fourche et gagna beaucoup plus haut du côté d'Ardentes.

Ce qui l'empêchait alors de s'orienter, c'était un brouillard qui s'élevait avec la nuit, un de ces brouillards des soirs d'automne que la blancheur du clair de

---

1. *Brande* : lande où poussent des bruyères.

lune rend plus vagues et plus trompeurs encore. Les grandes flaques d'eau dont les clairières sont semées exhalaient des vapeurs si épaisses que, lorsque la Grise les traversait, on ne s'en apercevait qu'au clapotement de ses pieds et à la peine qu'elle avait à les tirer de la vase.

Quand on eut enfin trouvé une belle allée bien droite, et qu'arrivé au bout, Germain chercha à voir où il était, il s'aperçut bien qu'il s'était perdu; car le père Maurice, en lui expliquant son chemin, lui avait dit qu'à la sortie des bois il aurait à descendre un bout de côte très raide, à traverser une immense prairie et à passer deux fois la rivière à gué. Il lui avait même recommandé d'entrer dans cette rivière avec précaution, parce qu'au commencement de la saison il y avait eu de grandes pluies et que l'eau pouvait être un peu haute. Ne voyant ni descente, ni prairie, ni rivière, mais la lande unie et blanche comme une nappe de neige, Germain s'arrêta, chercha une maison, attendit un passant, et ne trouva rien qui pût le renseigner. Alors il revint sur ses pas et entra dans les bois. Mais le brouillard s'épaissit encore plus, la lune fut tout à fait voilée, les chemins étaient affreux, les fondrières profondes. Par deux fois, la Grise faillit s'abattre; chargée comme elle l'était, elle perdait courage, et si elle conservait assez de discernement pour ne pas se heurter contre les arbres, elle ne pouvait empêcher que ceux qui la montaient n'eussent affaire à de grosses branches, qui barraient le chemin à la hauteur de leurs têtes et qui les mettaient fort en danger. Germain perdit son chapeau dans une de ces rencontres et eut grand-peine à le retrouver. Petit-Pierre s'était endormi, et, se laissant aller comme un sac, il embarrassait tellement les bras de son père, que celui-ci ne pouvait plus ni soutenir ni diriger le cheval.

— Je crois que nous sommes ensorcelés, dit Germain

en s'arrêtant : car ces bois ne sont pas assez grands pour qu'on s'y perde, à moins d'être ivre, et il y a deux heures au moins que nous y tournons sans pouvoir en sortir. La Grise n'a qu'une idée en tête, c'est de s'en retourner à la maison, et c'est elle qui me fait tromper. Si nous voulons nous en aller chez nous, nous n'avons qu'à la laisser faire. Mais quand nous sommes peut-être à deux pas de l'endroit où nous devons coucher, il faudrait être fou pour y renoncer et recommencer une si longue route. Cependant, je ne sais plus que faire. Je ne vois ni ciel ni terre, et je crains que cet enfant-là ne prenne la fièvre si nous restons dans ce damné brouillard, ou qu'il ne soit écrasé par notre poids si le cheval vient à s'abattre en avant.

— Il ne faut pas nous obstiner davantage, dit la petite Marie. Descendons, Germain; donnez-moi l'enfant, je le porterai fort bien, et j'empêcherai mieux que vous, que la cape, se dérangeant, ne le laisse à découvert. Vous conduirez la jument par la bride, et nous verrons peut-être plus clair quand nous serons plus près de la terre.

Ce moyen ne réussit qu'à les préserver d'une chute de cheval, car le brouillard rampait et semblait se coller à la terre humide. La marche était pénible, et ils furent bientôt si harassés qu'ils s'arrêtèrent en rencontrant enfin un endroit sec sous de grands chênes. La petite Marie était en nage, mais elle ne se plaignait ni ne s'inquiétait de rien. Occupée seulement de l'enfant, elle s'assit sur le sable et le coucha sur ses genoux, tandis que Germain explorait les environs, après avoir passé les rênes de la Grise dans une branche d'arbre.

Mais la Grise, qui s'ennuyait fort de ce voyage, donna un coup de reins, dégagea les rênes, rompit les sangles, et lâchant, par manière d'acquit, une demi-douzaine de ruades plus haut que sa tête, partit à tra-

vers les taillis, montrant fort bien qu'elle n'avait besoin
de personne pour retrouver son chemin.

— Çà, dit Germain, après avoir vainement cherché à
la rattraper, nous voici à pied, et rien ne nous servirait
de nous trouver dans le bon chemin, car il nous faudrait traverser la rivière à pied; et à voir comme ces
routes sont pleines d'eau, nous pouvons être sûrs que
la prairie est sous la rivière. Nous ne connaissons pas
les autres passages. Il nous faut donc attendre que ce
brouillard se dissipe; ça ne peut pas durer plus
d'une heure ou deux. Quand nous verrons clair, nous
chercherons une maison, la première venue à la lisière
du bois; mais à présent nous ne pouvons sortir d'ici;
il y a là une fosse, un étang, je ne sais quoi devant
nous; et derrière, je ne saurais pas non plus dire ce
qu'il y a, car je ne comprends plus par quel côté nous
sommes arrivés.

VIII

SOUS LES GRANDS CHÊNES

— Eh bien! prenons patience, Germain, dit la petite Marie. Nous ne sommes pas mal sur cette petite hauteur. La pluie ne perce pas la feuillée de ces grands chênes, et nous pouvons allumer du feu, car je sens de vieilles souches qui ne tiennent à rien et qui sont assez sèches pour flamber. Vous avez bien du feu, Germain? Vous fumiez votre pipe tantôt.

— J'en avais! mon briquet était sur le bât dans mon sac, avec le gibier que je portais à ma future; mais la maudite jument a tout emporté, même mon manteau, qu'elle va perdre et déchirer à toutes les branches.

— Non pas, Germain, la bâtine[1], le manteau, le sac, tout est là par terre, à vos pieds. La Grise a cassé les sangles et tout jeté à côté d'elle en partant.

— C'est, vrai Dieu, certain! dit le laboureur; et si nous pouvons trouver un peu de bois mort à tâtons, nous réussirons à nous sécher et à nous réchauffer.

— Ce n'est pas difficile, dit la petite Marie, le bois mort craque partout sous les pieds; mais donnez-moi d'abord ici la bâtine.

— Qu'en veux-tu faire?

1. *Bâtine* : bât.

— Un lit pour le petit : non, pas comme ça, à l'envers; il ne roulera pas dans la ruelle; et c'est encore
tout chaud du dos de la bête. Calez-moi ça de chaque
côté avec ces pierres que vous voyez là!

— Je ne les vois pas, moi! Tu as donc des yeux de
chat!

— Tenez! voilà qui est fait, Germain. Donnez-moi
votre manteau, que j'enveloppe ses petits pieds, et ma
cape par-dessus son corps. Voyez! s'il n'est pas couché
là aussi bien que dans son lit! et tâtez-le comme il a
chaud!

— C'est vrai! tu t'entends à soigner les enfants, Marie!

— Ce n'est pas bien sorcier. A présent, cherchez votre briquet dans votre sac, et je vais arranger le bois.

— Ce bois ne prendra jamais, il est trop humide.

— Vous doutez de tout, Germain! vous ne vous sou-
venez donc pas d'avoir été pâtour et d'avoir fait de
grands feux aux champs, au beau milieu de la pluie?

— Oui, c'est le talent des enfants qui gardent les bêtes; mais moi j'ai été toucheur de bœufs aussitôt que
j'ai su marcher.

— C'est pour cela que vous êtes plus fort de vos
bras qu'adroit de vos mains. Le voilà bâti ce bûcher,
vous allez voir s'il ne flambera pas! Donnez-moi le feu
et une poignée de fougère sèche. C'est bien! soufflez à
présent; vous n'êtes pas poumonique?

— Non pas que je sache, dit Germain en soufflant
comme un soufflet de forge. Au bout d'un instant, la
flamme brilla, jeta d'abord une lumière rouge, et finit
par s'élever en jets bleuâtres sous le feuillage des chênes, luttant contre la brume et séchant peu à peu l'at-
mosphère à dix pieds à la ronde.

— Maintenant, je vais m'asseoir auprès du petit pour
qu'il ne lui tombe pas d'étincelles sur le corps, dit la
jeune fille. Vous, mettez du bois et animez le feu, Ger-

main! nous n'attraperons ici ni fièvre ni rhume, je
vous en réponds.

— Ma foi, tu es une fille d'esprit, dit Germain, et tu
sais faire le feu comme une petite sorcière de nuit. Je
me sens tout ranimé et le cœur me revient; car avec les
jambes mouillées jusqu'aux genoux, et l'idée de rester
comme cela jusqu'au point du jour, j'étais de fort
mauvaise humeur tout à l'heure.

— Et quand on est de mauvaise humeur, on ne
s'avise de rien, reprit la petite Marie.

— Et tu n'es donc jamais de mauvaise humeur, toi?

— Eh non! jamais. A quoi bon?

— Oh! ce n'est bon à rien, certainement; mais le
moyen de s'en empêcher, quand on a des ennuis! Dieu
sait que tu n'en as pas manqué, toi, pourtant, ma pauvre petite : car tu n'as pas toujours été heureuse!

— C'est vrai, nous avons souffert, ma pauvre mère et
moi. Nous avions du chagrin, mais nous ne perdions
jamais courage.

— Je ne perdrais pas courage pour quelque ouvrage
que ce fût, dit Germain; mais la misère me fâcherait;
car je n'ai jamais manqué de rien. Ma femme m'avait
fait riche et je le suis encore; je le serai tant que je
travaillerai à la métairie : ce sera toujours, j'espère;
mais chacun doit avoir sa peine! J'ai souffert autrement.

— Oui, vous avez perdu votre femme, et c'est
grand-pitié.

— N'est-ce pas?

— Oh! je l'ai bien pleurée, allez, Germain! car elle
était si bonne! Tenez, n'en parlons plus; car je la pleu-
rerais encore, tous mes chagrins sont en train de me
revenir aujourd'hui.

— C'est vrai qu'elle t'aimait beaucoup, petite Marie!
elle faisait grand cas de toi et de ta mère. Allons! tu
pleures? Voyons, ma fille, je ne veux pas pleurer,
moi...

— Vous pleurez, pourtant, Germain! Vous pleurez aussi! Quelle honte y a-t-il pour un homme à pleurer sa femme? Ne vous gênez pas, allez! je suis bien de moitié avec vous dans cette peine-là!

— Tu as bon cœur, Marie, et ça me fait du bien de pleurer avec toi. Mais approche donc tes pieds du feu; tu as tes jupes toutes mouillées aussi, pauvre petite fille! Tiens, je vas prendre ta place auprès du petit, chauffe-toi mieux que ça.

— J'ai assez chaud, dit Marie; et si vous voulez vous asseoir, prenez un coin du manteau, moi je suis très bien.

— Le fait est qu'on n'est pas mal ici, dit Germain en s'asseyant tout auprès d'elle. Il n'y a que la faim qui me tourmente un peu. Il est bien neuf heures du soir, et j'ai eu tant de peine à marcher dans ces mauvais chemins, que je me sens tout affaibli. Est-ce que tu n'as pas faim, aussi, toi, Marie?

— Moi? pas du tout. Je ne suis pas habituée, comme vous, à faire quatre repas, et j'ai été tant de fois me coucher sans souper, qu'une fois de plus ne m'étonne guère.

— Eh bien, c'est commode une femme comme toi; ça ne fait pas de dépense, dit Germain en souriant.

— Je ne suis pas une femme, dit naïvement Marie, sans s'apercevoir de la tournure que prenaient les idées du laboureur. Est-ce que vous rêvez?

— Oui, je crois que je rêve, répondit Germain; c'est la faim qui me fait divaguer peut-être!

— Que vous êtes donc gourmand! reprit-elle en s'égayant un peu à son tour; eh bien! si vous ne pouvez pas vivre cinq ou six heures sans manger, est-ce que vous n'avez pas là du gibier dans votre sac et du feu pour le faire cuire?

— Diantre! c'est une bonne idée! mais le présent à mon futur beau-père?

— Vous avez six perdrix et un lièvre! Je pense qu'il ne vous faut pas tout cela pour vous rassasier?

— Mais faire cuire cela ici, sans broche et sans landiers, ça deviendra du charbon!

— Non pas, dit la petite Marie; je me charge de vous le faire cuire sous la cendre sans goût de fumée. Est-ce que vous n'avez jamais attrapé d'alouettes dans les champs, et que vous ne les avez pas fait cuire entre deux pierres? Ah! c'est vrai! j'oublie que vous n'avez pas été pastour! Voyons, plumez cette perdrix! Pas si fort! vous lui arrachez la peau.

— Tu pourrais bien plumer l'autre pour me montrer!

— Vous voulez donc en manger deux? Quel ogre! Allons, les voilà plumées, je vais les cuire.

— Tu ferais une parfaite cantinière, petite Marie; mais, par malheur, tu n'as pas de cantine, et je serai réduit à boire l'eau de cette mare.

— Vous voudriez du vin, pas vrai? Il faudrait peut-être du café? Vous vous croyez à la foire sous la ramée[1]! Appelez l'aubergiste : de la liqueur au fin laboureur de Belair!

— Ah! petite méchante, vous vous moquez de moi? Vous ne boiriez pas du vin, vous, si vous en aviez?

— Moi? J'en ai bu ce soir avec vous chez la Rebec, pour la seconde fois de ma vie; mais si vous êtes bien sage, je vais vous en donner une bouteille quasi pleine, et du bon encore!

— Comment, Marie, tu es donc sorcière, décidément?

— Est-ce que vous n'avez pas fait la folie de demander deux bouteilles de vin à la Rebec? Vous en avez bu une avec votre petit, et j'ai à peine avalé trois gouttes de celle que vous aviez mise devant moi.

---

1. *Ramée :* branches d'arbres abritant un restaurant champêtre.

Cependant vous les aviez payées toutes les deux sans y
regarder.

— Eh bien?

— Eh bien, j'ai mis dans mon panier celle qui
n'avait pas été bue, parce que j'ai pensé que vous ou
votre petit auriez soif en route; et la voilà.

— Tu es la fille la plus avisée que j'aie jamais ren-
contrée. Voyez! elle pleurait pourtant, cette pauvre enfant, en sortant de l'auberge! ça ne l'a pas empêchée
de penser aux autres plus qu'à elle-même. Petite Marie, l'homme qui t'épousera ne sera pas sot.

— Je l'espère, car je n'aimerais pas un sot. Allons,
mangez vos perdrix, elles sont cuites à point; et faute
de pain, vous vous contenterez de châtaignes.

— Et où diable as-tu pris aussi des châtaignes?

— C'est bien étonnant! tout le long du chemin, j'en
ai pris aux branches en passant, et j'en ai rempli mes
poches.

— Et elles sont cuites aussi?

— A quoi donc aurais-je eu l'esprit si je ne les avais
pas mises dans le feu dès qu'il a été allumé? Ça se fait
toujours, aux champs.

— Ah çà, petite Marie, nous allons souper ensemble!
je veux boire à ta santé et te souhaiter un bon mari...
là, comme tu le souhaiterais toi-même. Dis-moi un
peu cela!

— J'en serais fort empêchée, Germain, car je n'y ai
pas encore songé.

— Comment, pas du tout? jamais? dit Germain, en
commençant à manger avec un appétit de laboureur,
mais coupant les meilleurs morceaux pour les offrir à
sa compagne, qui refusa obstinément et se contenta de
quelques châtaignes. Dis-moi donc, petite Marie,
reprit-il, voyant qu'elle ne songeait pas à lui répondre,
tu n'as pas encore eu l'idée du mariage? tu es en âge
pourtant!

— Peut-être, dit-elle; mais je suis trop pauvre. Il faut au moins cent écus pour entrer en ménage, et je dois travailler cinq ou six ans pour les amasser.

— Pauvre fille! je voudrais que le père Maurice voulût bien me donner cent écus pour t'en faire cadeau.

— Grand merci, Germain. Eh bien! qu'est-ce qu'on dirait de moi?

— Que veux-tu qu'on dise? on sait bien que je suis vieux et que je ne peux pas t'épouser. Alors on ne supposerait pas que je... que tu...

— Dites donc, laboureur! voilà votre enfant qui se réveille, dit la petite Marie.

IX

LA PRIÈRE DU SOIR

PETIT-PIERRE s'était soulevé et regardait autour de lui d'un air pensif.

— Ah! il n'en fait jamais d'autre quand il entend manger, celui-là, dit Germain : le bruit du canon ne le réveillerait pas; mais quand on remue les mâchoires auprès de lui, il ouvre les yeux tout de suite.

— Vous avez dû être comme ça à son âge, dit la petite Marie avec un sourire malin. Allons, mon petit Pierre, tu cherches ton ciel de lit? Il est fait de verdure, ce soir, mon enfant; mais ton père n'en soupe pas moins. Veux-tu souper avec lui? Je n'ai pas mangé ta part; je me doutais bien que tu la réclamerais!

— Marie, je veux que tu manges, s'écria le laboureur, je ne mangerai plus. Je suis un vorace, un grossier : toi, tu te prives pour nous, ce n'est pas juste, j'en ai honte. Tiens, ça m'ôte la faim; je ne veux pas que mon fils soupe, si tu ne soupes pas.

— Laissez-nous tranquilles, répondit la petite Marie, vous n'avez pas la clef de nos appétits. Le mien est fermé aujourd'hui, mais celui de votre Pierre est ouvert comme celui d'un petit loup. Tenez, voyez comme il s'y prend! Oh! ce sera aussi un rude laboureur!

En effet, Petit-Pierre montra bientôt de qui il était

fils, et à peine éveillé, ne comprenant ni où il était, ni comment il y était venu, il se mit à dévorer. Puis, quand il n'eut plus faim, se trouvant excité comme il arrive aux enfants qui rompent leurs habitudes, il eût plus d'esprit, plus de curiosité et plus de raisonnement qu'à l'ordinaire. Il se fit expliquer où il était, et quand il sut que c'était au milieu d'un bois, il eut un peu peur.

— Y a-t-il des méchantes bêtes dans ce bois? demanda-t-il à son père.

— Non, fit le père, il n'y en a point. Ne crains rien.

— Tu as donc menti quand tu m'as dit que si j'allais avec toi dans les grands bois les loups m'emporteraient?

— Voyez-vous ce raisonneur? dit Germain embarrassé.

— Il a raison, reprit la petite Marie, vous lui avez dit cela : il a bonne mémoire, il s'en souvient. Mais apprends, mon petit Pierre, que ton père ne ment jamais. Nous avons passé les grands bois pendant que tu dormais, et nous sommes à présent dans les petits bois, où il n'y a pas de méchantes bêtes.

— Les petits bois sont-ils bien loin des grands?

— Assez loin; d'ailleurs les loups ne sortent pas des grands bois. Et puis, s'il en venait ici, ton père les tuerait.

— Et toi aussi, petite Marie?

— Et nous aussi, car tu nous aiderais bien, mon Pierre? Tu n'as pas peur, toi? Tu taperais bien dessus!

— Oui, oui, dit l'enfant enorgueilli, en prenant une pose héroïque, nous les tuerions!

— Il n'y a personne comme toi pour parler aux enfants, dit Germain à la petite Marie, et pour leur faire entendre raison. Il est vrai qu'il n'y a pas longtemps que tu étais toi-même un petit enfant et tu te souviens de ce que te disait ta mère. Je crois bien que plus on est jeune, mieux on s'entend avec ceux qui le sont. J'ai grand-peur qu'une femme de trente ans, qui ne sait pas encore ce que c'est que d'être mère, n'apprenne avec peine à babiller et à raisonner avec des marmots.

— Pourquoi donc pas, Germain? Je ne sais pourquoi vous avez une mauvaise idée touchant cette femme; vous en reviendrez!

— Au diable la femme! dit Germain. Je voudrais en être revenu pour n'y plus retourner. Qu'ai-je besoin d'une femme que je ne connais pas?

— Mon petit père, dit l'enfant, pourquoi donc est-ce que tu parles toujours de ta femme aujourd'hui puisqu'elle est morte?...

— Hélas! tu ne l'as donc pas oubliée, toi, ta pauvre chère mère?

— Non, puisque je l'ai vu mettre dans une belle boîte de bois blanc, et que ma grand-mère m'a conduit auprès pour l'embrasser et lui dire adieu!... Elle était toute blanche et toute froide, et tous les soirs ma tante me fait prier le bon Dieu pour qu'elle aille se réchauffer avec lui dans le ciel. Crois-tu qu'elle y soit, à présent?

— Je l'espère, mon enfant; mais il faut toujours prier, ça fait voir à ta mère que tu l'aimes.

— Je vas dire ma prière, reprit l'enfant; je n'ai pas pensé à la dire ce soir. Mais je ne peux pas la dire tout seul; j'en oublie toujours un peu. Il faut que la petite Marie m'aide.

— Oui, mon Pierre, je vas t'aider, dit la jeune fille. Viens là, te mettre à genoux sur moi.

L'enfant s'agenouilla sur la jupe de la jeune fille, joignit ses petites mains, et se mit à réciter sa prière, d'abord avec attention et ferveur, car il savait très bien le commencement; puis avec plus de lenteur et d'hésitation, et enfin répétant mot à mot ce que lui dictait la petite Marie, lorsqu'il arriva à cet endroit de son oraison, où le sommeil le gagnant chaque soir, il n'avait jamais pu l'apprendre jusqu'au bout. Cette fois encore, le travail de l'attention et la monotonie de son propre accent produisirent leur effet accoutumé, il ne prononça plus qu'avec effort les dernières syllabes, et encore après se les être fait répéter trois fois; sa tête s'appesantit et se pencha sur la poitrine de Marie : ses mains se détendirent, se séparèrent et retombèrent ouvertes sur ses genoux. A la lueur du feu du bivouac, Germain regarda son petit ange assoupi sur le cœur de la jeune fille, qui, le soutenant dans ses bras et réchauffant ses cheveux blonds de sa pure haleine, s'était laissée aller aussi à une rêverie pieuse et priait mentalement pour l'âme de Catherine.

Germain fut attendri, chercha ce qu'il pourrait dire à la petite Marie pour lui exprimer ce qu'elle lui inspirait d'estime et de reconnaissance, mais ne trouva rien qui pût rendre sa pensée. Il s'approcha d'elle pour embrasser son fils qu'elle tenait toujours pressé contre son sein, et il eut peine à détacher ses lèvres du front du petit Pierre.

— Vous l'embrassez trop fort, lui dit Marie en repoussant doucement la tête du laboureur, vous allez le réveiller. Laissez-moi le recoucher, puisque le voilà reparti pour les rêves du paradis.

L'enfant se laissa coucher, mais en s'étendant sur la peau de chèvre du bât, il demanda s'il était sur la Grise. Puis, ouvrant ses grands yeux bleus, et les tenant fixés vers les branches pendant une minute, il parut rêver tout éveillé, ou être frappé d'une idée qui avait glissé dans son esprit durant le jour, et qui s'y formulait à l'approche du sommeil. — Mon petit père, dit-il, si tu veux me donner une autre mère, je veux que ce soit la petite Marie.

Et sans attendre de réponse, il ferma les yeux et s'endormit.

X

MALGRÉ LE FROID

La petite Marie ne parut pas faire d'autre attention aux paroles bizarres de l'enfant que de les regarder comme une parole d'amitié; elle l'enveloppa avec soin, ranima le feu, et, comme le brouillard endormi sur la mare voisine ne paraissait nullement près de s'éclaircir, elle conseilla à Germain de s'arranger auprès du feu pour faire un somme.

— Je vois que cela vous vient déjà, lui dit-elle, car vous ne dites plus mot, et vous regardez la braise comme votre petit faisait tout à l'heure. Allons, dormez, je veillerai à l'enfant et à vous.

— C'est toi qui dormiras, répondit le laboureur, et moi je vous garderai tous les deux, car jamais je n'ai eu moins envie de dormir; j'ai cinquante idées dans la tête.

— Cinquante, c'est beaucoup, dit la fillette avec une intention un peu moqueuse; il y a tant de gens qui seraient heureux d'en avoir une!

— Eh bien! si je ne suis pas capable d'en avoir cinquante, j'en ai du moins une qui ne me lâche pas depuis une heure.

— Et je vais vous la dire, ainsi que celles que vous aviez auparavant.

— Eh bien! oui, dis-la si tu la devines, Maire; dis-la-moi toi-même, ça me fera plaisir.

— Il y a une heure, reprit-elle, vous aviez l'idée de manger... et à présent vous avez l'idée de dormir.

— Marie, je ne suis qu'un bouvier, mais vraiment tu me prends pour un bœuf. Tu es une méchante fille, et je vois bien que tu ne veux point causer avec moi. Dors donc, cela vaudra mieux que de critiquer un homme qui n'est pas gai.

— Si vous voulez causer, causons, dit la petite fille en se couchant à demi auprès de l'enfant, et en appuyant sa tête contre le bât. Vous êtes en train de vous tourmenter, Germain, et en cela vous ne montrez pas beaucoup de courage pour un homme. Que ne dirais-je pas, moi, si je ne me défendais pas de mon mieux contre mon propre chagrin?

— Oui, sans doute, et c'est là justement ce qui m'occupe, ma pauvre enfant! Tu vas vivre loin de tes parents et dans un vilain pays de landes et de marécages, où tu attraperas les fièvres d'automne, où les bêtes à laine ne profitent pas, ce qui chagrine toujours une bergère qui a bonne intention; enfin tu seras au milieu d'étrangers qui ne seront peut-être pas bons pour toi, qui ne comprendront pas ce que tu vaux. Tiens, ça me fait plus de peine que je ne peux te le dire, et j'ai envie de te ramener chez ta mère au lieu d'aller à Fourche.

— Vous parlez avec beaucoup de bonté, mais sans raison, mon pauvre Germain; on ne doit pas être lâche pour ses amis, et au lieu de me montrer le mauvais côté de mon sort, vous devriez m'en montrer le bon, comme vous faisiez quand nous avons goûté chez la Rebec.

— Que veux-tu! ça me paraissait ainsi dans ce moment-là, et à présent ça me paraît autrement. Tu ferais mieux de trouver un mari.

— Ça ne se peut pas, Germain, je vous l'ai dit; et comme ça ne se peut pas, je n'y pense pas.

— Mais enfin si ça se trouvait? Peut-être que si tu voulais me dire comment tu souhaiterais qu'il fût, je parviendrais à imaginer quelqu'un.

— Imaginer n'est pas trouver. Moi, je n'imagine rien puisque c'est inutile.

— Tu n'aurais pas l'idée de trouver un riche?

— Non, bien sûr, puisque je suis pauvre comme Job.

— Mais s'il était à son aise, ça ne te ferait pas de peine d'être bien logée, bien nourrie, bien vêtue et dans une famille de braves gens qui te permettraient d'assister ta mère?

— Oh! pour cela, oui! assister ma mère est tout mon souhait.

— Et si cela se rencontrait, quand même l'homme ne serait pas de la première jeunesse, tu ne ferais pas trop la difficile?

— Ah! pardonnez-moi, Germain. C'est justement la chose à laquelle je tiendrais. Je n'aimerais pas un vieux!

— Un vieux, sans doute; mais, par exemple, un homme de mon âge?

— Votre âge est vieux pour moi, Germain; j'aimerais l'âge de Bastien, quoique Bastien ne soit pas si joli homme que vous.

— Tu aimerais mieux Bastien le porcher? dit Germain avec humeur. Un garçon qui a les yeux faits comme les bêtes qu'il mène?

— Je passerais par-dessus ses yeux, à cause de ses dix-huit ans.

Germain se sentit horriblement jaloux. — Allons, dit-il, je vois que tu en tiens pour Bastien. C'est une drôle d'idée, pas moins!

— Oui, ce serait une drôle d'idée, répondit la petite Marie en riant aux éclats, et ça ferait un drôle de mari. On lui ferait accroire tout ce qu'on voudrait. Par exemple, l'autre jour, j'avais ramassé une tomate dans le jardin à monsieur le curé; je lui ai dit que c'était une belle pomme rouge, et il a mordu dedans comme un goulu. Si vous aviez vu quelle grimace! Mon Dieu, qu'il était vilain!

— Tu ne l'aimes donc pas, puisque tu te moques de lui?

— Ce ne serait pas une raison. Mais je ne l'aime pas : il est brutal avec sa petite sœur, et il est malpropre.

— Eh bien! tu ne te sens pas portée pour quelque autre?

— Qu'est-ce que ça vous fait, Germain?

— Ça ne me fait rien, c'est pour parler. Je vois, petite fille, que tu as déjà un galant dans la tête.

— Non, Germain, vous vous trompez, je n'en ai pas encore; ça pourra venir plus tard : mais puisque je ne me marierai que quand j'aurai un peu amassé, je suis destinée à me marier tard et avec un vieux.

— Eh bien, prends-en un vieux tout de suite.

— Non pas! quand je ne serai plus jeune, ça me sera égal; à présent, ce serait différent.

— Je vois bien, Marie, que je te déplais : c'est assez clair, dit Germain avec dépit, et sans peser ses paroles.

La petite Marie ne répondit pas. Germain se pencha vers elle : elle dormait; elle était tombée vaincue et comme foudroyée par le sommeil, comme font les enfants qui dorment déjà lorsqu'ils babillent encore.

Germain fut content qu'elle n'eût pas fait attention à ses dernières paroles; il reconnut qu'elles n'étaient point sages, et il lui tourna le dos pour se distraire et changer de pensée.

Mais il eut beau faire, il ne put s'endormir, ni songer à autre chose qu'à ce qu'il venait de dire. Il tourna vingt fois autour du feu, il s'éloigna, il revint; enfin, se sentant aussi agité que s'il eût avalé de la poudre à canon, il s'appuya contre l'arbre qui abritait les deux enfants et les regarda dormir.

— Je ne sais pas comment je ne m'étais jamais aperçu, pensait-il, que cette petite Marie est la plus jolie fille du pays!... Elle n'a pas beaucoup de couleur, mais elle a un petit visage frais comme une rose de buissons! Quelle gentille bouche et quel mignon petit nez!... Elle n'est pas grande pour son âge, mais elle est faite comme une petite caille et légère comme un petit pinson!... Je ne sais pas pourquoi on fait tant de cas chez nous d'une grande et grosse femme bien vermeille... La mienne était plutôt mince et pâle, et elle me plaisait par-dessus tout... Celle-ci est toute délicate, mais elle ne s'en porte pas plus mal, et elle est jolie à voir comme un chevreau blanc!... Et puis, quel air doux et honnête! comme on lit son bon cœur dans ses yeux, même lorsqu'ils sont fermés pour dormir!... Quant à de l'esprit, elle en a plus que ma chère Catherine n'en avait, il faut en convenir, et on ne s'ennuierait pas avec elle... C'est gai, c'est sage, c'est laborieux, c'est aimant, et c'est drôle. Je ne vois pas ce qu'on pourrait souhaiter de mieux...

« Mais qu'ai-je à m'occuper de tout cela? reprenait Germain, en tâchant de regarder d'un autre côté. Mon beau-père ne voudrait pas en entendre parler, et toute la famille me traiterait de fou!... D'ailleurs, elle-même ne voudrait pas de moi, la pauvre enfant!... Elle me trouve trop vieux, elle me l'a dit... Elle n'est pas intéressée, elle se soucie peu d'avoir encore de la misère et de la peine, de porter de pauvres habits, et de souffrir de la faim pendant deux ou trois mois de l'année, pourvu qu'elle contente son cœur un jour, et qu'elle puisse se donner à un mari qui lui plaira... elle a raison, elle! Je ferais de même à sa place... et, dès à présent, si je pouvais suivre ma volonté, au lieu de m'embarquer dans un mariage qui ne me sourit pas, je choisirais une fille à mon gré... »

Plus Germain cherchait à raisonner et à se calmer, moins il en venait à bout. Il s'en allait à vingt pas de là, se perdre dans le brouillard; et puis, tout d'un coup, il se retrouvait à genoux à côté des deux enfants endormis. Une fois même il voulut embrasser Petit-Pierre, qui avait un bras passé autour du cou de Marie, et il se trompa si bien que Marie, sentant une haleine chaude comme le feu courir sur ses lèvres, se réveilla et le regarda d'un air tout effaré, ne comprenant rien du tout à ce qui se passait en lui.

— Je ne vous voyais pas, mes pauvres enfants! dit Germain en se retirant bien vite. J'ai failli tomber sur vous et vous faire du mal.

La petite Marie eut la candeur de le croire, et se rendormit. Germain passa de l'autre côté du feu et jura à Dieu qu'il n'en bougerait jusqu'à ce qu'elle fût réveillée. Il tint parole, mais ce ne fut pas sans peine. Il crut qu'il en deviendrait fou.

Enfin, vers minuit, le brouillard se dissipa, et Germain put voir les étoiles briller à travers les arbres. La lune se dégagea aussi des vapeurs qui la couvraient et commença à semer des diamants sur la mousse humide. Le tronc des chênes restait dans une majestueuse obscurité; mais, un peu plus loin, les tiges blanches des bouleaux semblaient une rangée de fantômes dans leurs suaires. Le feu se reflétait dans la mare; et les grenouilles, commençant à s'y habituer, hasardaient quelques notes grêles et timides, les branches anguleuses des vieux arbres, hérissées de pâles lichens, s'étendaient et s'entrecroisaient comme de grands bras décharnés sur la tête de nos voyageurs; c'était un bel endroit, mais si désert et si triste, que Germain, las d'y souffrir, se mit à chanter et à jeter des pierres dans l'eau pour s'étourdir sur l'ennui effrayant de la solitude. Il désirait aussi éveiller la petite Marie; et lorsqu'il vit qu'elle se levait et regardait le temps, il lui proposa de se remettre en route.

— Dans deux heures, lui dit-il, l'approche du jour rendra l'air si froid, que nous ne pourrons plus y tenir, malgré notre feu... A présent, on voit à se conduire, et nous trouverons bien une maison qui nous ouvrira, ou du moins quelque grange où nous pourrons passer à couvert le reste de la nuit.

Marie n'avait pas de volonté; et, quoiqu'elle eût encore grande envie de dormir, elle se disposa à suivre Germain.

Celui-ci prit son fils dans ses bras sans le réveiller, et voulut que Marie s'approchât de lui pour se cacher dans son manteau, puisqu'elle ne voulait pas reprendre sa cape roulée autour du petit Pierre.

Quand il sentit la jeune fille si près de lui, Germain, qui s'était distrait et égayé un instant, recommença à perdre la tête. Deux ou trois fois il s'éloigna brusquement, et la laissa marcher seule. Puis voyant qu'elle avait peine à le suivre, il l'attendait, l'attirait vivement près de lui, et la pressait si fort, qu'elle en était étonnée et même fâchée sans oser le dire.

Comme ils ne savaient point du tout de quelle direction ils étaient partis, ils ne savaient pas celle qu'ils suivaient; si bien qu'ils remontèrent encore une fois tout le bois, se retrouvèrent, de nouveau, en face de la lande déserte, revinrent sur leurs pas, et, après avoir tourné et marché longtemps, ils aperçurent de la clarté à travers les branches.

— Bon! voici une maison, dit Germain, et des gens déjà éveillés, puisque le feu est allumé. Il est donc bien tard?

Mais ce n'était pas une maison : c'était le feu de bivouac qu'ils avaient couvert en partant, et qui s'était rallumé à la brise...

Ils avaient marché pendant deux heures pour se retrouver au point de départ.

XI

A LA BELLE ÉTOILE

— Pour le coup. j'y renonce! dit Germain en frappant du pied. On nous a jeté un sort, c'est bien sûr, et nous ne sortirons d'ici qu'au grand jour. Il faut que cet endroit soit endiablé.

— Allons, allons, ne nous fâchons pas, dit Marie, et prenons-en notre parti. Nous ferons un plus grand feu, l'enfant est si bien enveloppé qu'il ne risque rien, et pour passer une nuit dehors nous n'en mourrons point. Où avez-vous caché la bâtine, Germain? Au milieu des grands houx, grand étourdi! C'est commode pour aller la reprendre!

— Tiens l'enfant, prends-le que je retire son lit des broussailles; je ne veux pas que tu te piques les mains.

— C'est fait, voici le lit, et quelques piqûres ne sont pas des coups de sabre, reprit la brave petite fille.

Elle procéda de nouveau au coucher du petit Pierre, qui était si bien endormi cette fois qu'il ne s'aperçut en rien de ce nouveau voyage. Germain mit tant de bois au feu que toute la forêt en resplendit à la ronde : mais la petite Marie n'en pouvait plus, et quoiqu'elle ne se plaignît de rien, elle ne se soutenait plus sur ses jambes. Elle était pâle et ses dents claquaient de froid et de faiblesse. Germain la prit dans ses bras pour la réchauffer; et l'inquiétude, la compas-

sion, des mouvements de tendresse irrésistible s'empa-
rant de son cœur, firent taire ses sens. Sa langue se dé-
lia comme par miracle, et toute honte cessant :

— Marie, lui dit-il, tu me plais, et je suis bien malheureux de ne pas te plaire. Si tu voulais m'accepter
pour ton mari, il n'y aurait ni beau-père, ni parents,
ni voisins, ni conseils qui pussent m'empêcher de me
donner à toi. Je sais que tu rendrais mes enfants heureux, que tu leur apprendrais à respecter le souvenir
de leur mère, et, ma conscience étant en repos, je
pourrais contenter mon cœur. J'ai toujours eu de
l'amitié pour toi, et à présent je me sens si amoureux
que si tu me demandais de faire toute ma vie tes mille
volontés, je te le jurerais sur l'heure. Vois, je t'en prie,
comme je t'aime, et tâche d'oublier mon âge. Pense
que c'est une fausse idée qu'on se fait quand on croit
qu'un homme de trente ans est vieux. D'ailleurs je n'ai
que vingt-huit ans! une jeune fille craint de se faire critiquer en prenant un homme qui a dix ou douze ans
de plus qu'elle, parce que ce n'est pas la coutume du
pays; mais j'ai entendu dire que dans d'autres pays on
ne regardait point à cela; qu'au contraire on aimait
mieux donner pour soutien, à une jeunesse, un
homme raisonnable et d'un courage bien éprouvé
qu'un jeune gars qui peut se déranger, et, de bon sujet
qu'on le croyait, devenir un mauvais garnement. D'ailleurs, les années ne font pas toujours l'âge. Cela dépend de la force et de la santé qu'on a. Quand un
homme est usé par trop de travail et de misère ou par
la mauvaise conduite, il est vieux avant vingt-cinq ans.
Au lieu que moi... Mais tu ne m'écoutes pas, Marie.

— Si fait, Germain, je vous entends bien, répondit la
petite Marie, mais je songe à ce que m'a toujours dit
ma mère : c'est qu'une femme de soixante ans est bien
à plaindre quand son mari en a soixante-dix ou
soixante-quinze, et qu'il ne peut plus travailler pour la

nourrir. Il devient infirme, et il faut qu'elle le soigne à l'âge où elle commencerait elle-même à avoir grand besoin de ménagement et de repos. C'est ainsi qu'on arrive à finir sur la paille.

— Les parents ont raison de dire cela, j'en conviens, Marie, reprit Germain; mais enfin ils sacrifieraient tout le temps de la jeunesse, qui est le meilleur, à prévoir ce qu'on deviendra à l'âge où l'on n'est plus bon à rien, et où il est indifférent de finir d'une manière ou d'une autre. Mais moi, je ne suis pas dans le danger de mourir de faim sur mes vieux jours. Je suis à même d'amasser· quelque chose, puisque, vivant avec les parents de ma femme, je travaille beaucoup et ne dépense rien. D'ailleurs, je t'aimerai tant, vois-tu, que ça m'empêchera de vieillir. On dit que quand un homme est heureux, il se conserve, et je sens bien que je suis plus jeune que Bastien pour t'aimer; car il ne t'aime pas, lui, il est trop bête, trop enfant pour comprendre comme tu es jolie et bonne, et faite pour être recherchée. Allons, Marie, ne me déteste pas, je ne suis pas un méchant homme : j'ai rendu ma Catherine heureuse, elle a dit devant Dieu à son lit de mort qu'elle n'avait jamais eu de moi que du contentement, et elle m'a recommandé de me remarier. Il semble que son esprit ait parlé ce soir à son enfant, au moment où il s'est endormi. Est-ce que tu n'as pas entendu ce qu'il disait? et comme sa petite bouche tremblait, pendant que ses yeux regardaient en l'air quelque chose que nous ne pouvions pas voir! Il voyait sa mère, sois-en sûre, et c'était elle qui lui faisait dire qu'il te voulait pour la remplacer.

— Germain, répondit Marie, toute étonnée et toute pensive, vous parlez honnêtement et tout ce que vous dites est vrai. Je suis sûre que je ferais bien de vous aimer, si ça ne mécontentait pas trop vos parents : mais que voulez-vous que j'y fasse? le cœur ne m'en dit pas pour vous. Je vous aime bien, mais quoique votre âge ne vous enlaidisse pas, il me fait peur. Il me semble que vous êtes quelque chose pour moi, comme un oncle ou un parrain; que je vous dois le respect, et que vous auriez des moments où vous me traiteriez comme une petite fille plutôt que comme votre femme et votre égale. Enfin, mes camarades se moqueraient peut-être de moi, et quoique ça soit une sottise de faire attention à cela, je crois que je serais honteuse et un peu triste le jour de mes noces.

— Ce sont là des raisons d'enfant; tu parles tout à fait comme un enfant, Marie!

— Eh bien! oui, je suis un enfant, dit-elle, et c'est à cause de cela que je crains un homme trop raisonnable. Vous voyez bien que je suis trop jeune pour vous, puisque déjà vous me reprochez de parler sans raison! Je ne puis pas avoir plus de raison que mon âge n'en comporte.

— Hélas! mon Dieu, que je suis donc à plaindre d'être si maladroit et de dire si mal ce que je pense! s'écria Germain. Marie, vous ne m'aimez pas, voilà le fait; vous me trouvez trop simple et trop lourd. Si vous m'aimiez un peu, vous ne verriez pas si claire-ment mes défauts. Mais vous ne m'aimez pas, voilà!

— Eh bien! ce n'est pas ma faute, répondit-elle, un peu blessée de ce qu'il ne la tutoyait plus; j'y fais mon possible en vous écoutant, mais plus je m'y essaie et moins je peux me mettre dans la tête que nous de-vions être mari et femme.

Germain ne répondit pas. Il mit sa tête dans ses deux mains et il fut impossible à la petite Marie de sa-voir s'il pleurait, s'il boudait, ou s'il était endormi. Elle fut un peu inquiète de le voir si morne et de ne pas deviner ce qui roulait dans son esprit; mais elle n'osa pas lui parler davantage, et comme elle était trop étonnée de ce qui venait de se passer pour avoir envie de se rendormir, elle attendit le jour avec impatience, soignant toujours le feu et veillant l'enfant dont Germain paraissait ne plus se souvenir. Cependant Germain ne dormait point; il ne réfléchissait pas à son sort et ne faisait ni projets de courage, ni plans de séduction. Il souffrait, il avait une montagne d'ennui sur le cœur. Il aurait voulu être mort. Tout paraissait devoir tourner mal pour lui, et s'il eût pu pleurer il ne l'aurait pas fait à demi. Mais il y avait un peu de colère contre lui-même, mêlée à sa peine, et il étouffait sans pouvoir et sans vouloir se plaindre.

Quand le jour fut venu et que les bruits de la campagne l'annoncèrent à Germain, il sortit son visage de ses mains et se leva. Il vit que la petite Marie n'avait pas dormi non plus, mais il ne sut rien lui dire pour marquer sa sollicitude. Il était tout à fait découragé. Il cacha de nouveau le bât de la Grise dans les buissons, prit son sac sur son épaule, et tenant son fils par la main :

— A présent, Marie, dit-il, nous allons tâcher d'achever notre voyage. Veux-tu que je te conduise aux Ormeaux?

— Nous sortirons du bois ensemble, lui répondit-elle, et quand nous saurons où nous sommes, nous irons chacun de notre côté.

Germain ne répondit pas. Il était blessé de ce que la jeune fille ne lui demandait pas de la mener jusqu'aux Ormeaux, et il ne s'apercevait pas qu'il le lui avait offert d'un ton qui semblait provoquer un refus.

Un bûcheron qu'ils rencontrèrent au bout de deux cents pas les mit dans le bon chemin, et leur dit qu'après avoir passé la grande prairie ils n'avaient qu'à prendre, l'un tout droit, l'autre sur la gauche, pour gagner leurs différents gîtes, qui étaient d'ailleurs si voisins qu'on voyait distinctement les maisons de Fourche de la ferme des Ormeaux, et réciproquement.

Puis, quand ils eurent remercié et dépassé le bûcheron, celui-ci les rappela pour leur demander s'ils n'avaient pas perdu un cheval.

— J'ai trouvé, leur dit-il, une belle jument grise dans ma cour, où peut-être le loup l'aura forcée de chercher un refuge. Mes chiens ont *jappé à nuitée,* et au point du jour j'ai vu la bête chevaline sous mon hangar; elle y est encore. Allons-y, et si vous la reconnaissez, emmenez-la.

Germain ayant donné d'avance le signalement de la Grise et s'étant convaincu qu'il s'agissait bien d'elle, se mit en route pour aller rechercher son bât. La petite Marie lui offrit de conduire son enfant aux Ormeaux, où il viendrait le reprendre lorsqu'il aurait fait son entrée à Fourche.

— Il est peu malpropre après la nuit que nous avons passée, dit-elle. Je nettoierai ses habits, je laverai son joli museau, je le peignerai, et quand il sera beau et brave, vous pourrez le présenter à votre nouvelle famille.

— Et qui te dit que je veuille aller à Fourche? répondit Germain avec humeur. Peut-être n'irai-je pas!

— Si fait, Germain, vous devez y aller, vous irez, reprit la jeune fille.

— Tu es bien pressée que je me marie avec une autre, afin d'être sûre que je ne t'ennuierai plus?

— Allons, Germain, ne pensez plus à cela : c'est une idée qui vous est venue dans la nuit, parce que cette mauvaise aventure avait un peu dérangé vos esprits. Mais à présent il faut que la raison vous revienne; je vous promets d'oublier ce que vous m'avez dit et de n'en jamais parler à personne.

— Eh! parles-en si tu veux. Je n'ai pas l'habitude de renier mes paroles. Ce que je t'ai dit était vrai, honnête, et je n'en rougirai devant personne.

— Oui; mais si votre femme savait qu'au moment

d'arriver, vous avez pensé à une autre, ça la disposerait mal pour vous. Ainsi faites attention aux paroles que vous direz maintenant; ne me regardez pas comme ça devant le monde avec un air tout singulier. Songez au père Maurice qui compte sur votre obéissance, et qui serait bien en colère contre moi si je vous détournais de faire sa volonté. Bonjour, Germain; j'emmène Petit-Pierre afin de vous forcer d'aller à Fourche. C'est un gage que je vous garde.

— Tu veux donc aller avec elle? dit le laboureur à son fils, en voyant qu'il s'attachait aux mains de la petite Marie, et qu'il la suivait résolument.

— Oui, père, répondit l'enfant qui avait écouté et compris à sa manière ce qu'on venait de dire sans méfiance devant lui. Je m'en vais avec ma Marie mignonne : tu viendras me chercher quand tu auras fini de te marier; mais je veux que Marie reste ma petite mère.

— Tu vois bien qu'il le veut, lui! dit Germain à la jeune fille. Écoute, Petit-Pierre, ajouta-t-il, moi je le souhaite, qu'elle soit ta mère et qu'elle reste toujours avec toi; c'est elle qui ne le veut pas. Tâche qu'elle t'accorde ce qu'elle me refuse.

— Sois tranquille, mon père, je lui ferai dire oui : la petite Marie fait toujours ce que je veux.

Il s'éloigna avec la jeune fille. Germain resta seul, plus triste, plus irrésolu que jamais.

XII

LA LIONNE DU VILLAGE

Cependant, quand il eut réparé le désordre du voyage dans ses vêtements et dans l'équipage de son cheval, quand il fut monté sur la Grise et qu'on lui eut indiqué le chemin de Fourche, il pensa qu'il n'y avait plus à reculer, et qu'il fallait oublier cette nuit d'agitations comme un rêve dangereux.

Il trouva le père Léonard au seuil de sa maison blanche, assis sur un beau banc de bois peint en vert épinard. Il y avait six marches de pierre disposées en perron, ce qui faisait voir que la maison avait une cave. Le mur du jardin et de la chènevière était crépi à chaux et à sable. C'était une belle habitation; il s'en fallait de peu qu'on ne la prît pour une maison de bourgeois.

Le futur beau-père vint au-devant de Germain, et après lui avoir demandé, pendant cinq minutes, des nouvelles de toute sa famille, il ajouta la phrase consacrée à questionner poliment ceux qu'on rencontre, sur le but de leur voyage : *Vous êtes donc venu pour vous promener par ici?*

— Je suis venu vous voir, répondit le laboureur, et vous présenter ce petit cadeau de gibier de la part de mon beau-père, en vous disant, aussi de sa part, que vous devez savoir dans quelles intentions je viens chez vous.

— Ah! ah! dit le père Léonard en riant et en frappant sur son estomac rebondi, je vois, j'entends, j'y suis! Et, clignant de l'œil, il ajouta : Vous ne serez pas le seul à faire vos compliments, mon jeune homme. Il y en a déjà trois à la maison qui attendent comme vous. Moi, je ne renvoie personne, et je serais bien embarrassé de donner tort ou raison à quelqu'un, car ce sont de bons partis. Pourtant, à cause du père Maurice et de la qualité des terres que vous cultivez, j'aimerais mieux que ce fût vous. Mais ma fille est majeure et maîtresse de son bien; elle agira donc selon son idée. Entrez, faites-vous connaître; je souhaite que vous ayez le bon numéro!

— Pardon, excuse, répondit Germain, fort surpris de se trouver en surnuméraire là où il avait compté d'être seul. Je ne savais pas que votre fille fût déjà pourvue de prétendants, et je n'étais pas venu pour la disputer aux autres.

— Si vous avez cru que, parce que vous tardiez à venir, répondit, sans perdre sa bonne humeur, le père Léonard, ma fille se trouvait au dépourvu, vous vous êtes grandement trompé, mon garçon. La Catherine a de quoi attirer les épouseurs, et elle n'aura que l'embarras du choix. Mais entrez à la maison, vous dis-je, et ne perdez pas courage. C'est une femme qui vaut la peine d'être disputée.

Et poussant Germain par les épaules avec une rude gaîté : — Allons, Catherine, s'écria-t-il en entrant dans la maison, en voilà un de plus!

Cette manière joviale mais grossière d'être présenté à la veuve, en présence de ses autres soupirants, acheva de troubler et de mécontenter le laboureur. Il se sentit gauche et resta quelques instants sans oser lever les yeux sur la belle et sur sa cour.

La veuve Guérin était bien faite et ne manquait pas de fraîcheur. Mais elle avait une expression de visage

et une toilette qui déplurent tout d'abord à Germain.
Elle avait l'air hardi et content d'elle-même, et ses cornettes garnies d'un triple rang de dentelle, son tablier
de soie, et son fichu de blonde noire étaient peu en
rapport avec l'idée qu'il s'était faite d'une veuve sérieuse et rangée.

Cette recherche d'habillement et ces manières déga-
gées la lui firent trouver vieille et laide, quoiqu'elle ne
fût ni l'un ni l'autre. Il pensa qu'une si jolie parure et
des manières si enjouées siéraient à l'âge et à l'esprit
fin de la petite Marie, mais que cette veuve avait la
plaisanterie lourde et hasardée, et qu'elle portait sans
distinction ses beaux atours.

Les trois prétendants étaient assis à une table chargée de vins et de viandes, qui étaient là en permanence
pour eux toute la matinée du dimanche; car le père
Léonard aimait à faire montre de sa richesse, et la
veuve n'était pas fâchée non plus d'étaler sa belle vais-
selle, et de tenir table comme une rentière. Germain,
tout simple et confiant qu'il était, observa les choses
avec assez de pénétration, et pour la première fois de
sa vie il se tint sur la défensive en trinquant. Le père
Léonard l'avait forcé de prendre place avec ses rivaux,
et, s'asseyant lui-même vis-à-vis de lui, il le traitait de
son mieux, et s'occupait de lui avec prédilection. Le cadeau de gibier, malgré la brèche que Germain y avait
faite pour son propre compte, était encore assez copieux pour produire de l'effet. La veuve y parut sensible
et les prétendants y jetèrent un coup d'œil de dédain.

Germain se sentait mal à l'aise en cette compagnie et
ne mangeait pas de bon cœur. Le père Léonard l'en
plaisanta. — Vous voilà bien triste, lui dit-il, et vous
boudez contre votre verre. Il ne faut pas que l'amour
vous coupe l'appétit, car un galant à jeun ne sait point
trouver de jolies paroles comme celui qui s'est éclairci
les idées avec une petite pointe de vin. — Germain fut

mortifié qu'on le supposât déjà amoureux, et l'air ma-
niéré de la veuve, qui baissa les yeux en souriant,
comme une personne sûre de son fait, lui donna l'envie de protester contre sa prétendue défaite; mais il
craignit de paraître incivil, sourit et prit patience.

Les galants de la veuve lui parurent trois rustres. Il
fallait qu'ils fussent bien riches pour qu'elle admît
leurs prétentions. L'un avait plus de quarante ans et
était quasi aussi gros que le père Léonard; un autre
était borgne et buvait tant qu'il en était abruti; le troisième était jeune et assez joli garçon; mais il voulait
faire de l'esprit et disait des choses si plates que cela
faisait pitié. Pourtant la veuve en riait comme si elle
eût admiré toutes ces sottises, et, en cela, elle ne faisait
pas preuve de goût. Germain crut d'abord qu'elle en
était coiffée; mais bientôt il s'aperçut qu'il était lui-
même encouragé d'une manière particulière, et qu'on
souhaitait qu'il se livrât davantage. Ce lui fut une raison
pour se sentir et se montrer plus froid et plus grave.

L'heure de la messe arriva, et on se leva de table
pour s'y rendre ensemble. Il fallait aller jusqu'à Mers,
à une bonne demi-lieue de là, et Germain était si fatigué qu'il eût fort souhaité avoir le temps de faire un
somme auparavant; mais il n'avait pas coutume de
manquer la messe, et il se mit en route avec les autres.

Les chemins étaient couverts de monde, et la veuve
marchait d'un air fier, escortée de ses trois prétendants,
donnant le bras tantôt à l'un, tantôt à l'autre, se ren-
gorgeant et portant haut la tête. Elle eût fort souhaité
produire le quatrième aux yeux des passants; mais
Germain trouva ridicule d'être traîné ainsi de compagnie, par un cotillon, à la vue de tout le monde, qu'il
se tint à distance convenable, causant avec le père Léonard, et trouvant moyen de le distraire et de l'occuper
assez pour qu'ils n'eussent point l'air de faire partie de
la bande.

XIII

LE MAÎTRE

LORSQU'ILS atteignirent le village, la veuve s'arrêta pour les attendre. Elle voulait absolument faire son entrée avec tout son monde; mais Germain, lui refusant cette satisfaction, quitta le père Léonard, accosta plusieurs personnes de sa connaissance, et entra dans l'église par une autre porte. La veuve en eut du dépit.

Après la messe, elle se montra partout triomphante sur la pelouse où l'on dansait, et ouvrit la danse avec ses trois amoureux successivement. Germain la regarda faire, et trouva qu'elle dansait bien, mais avec affectation.

— Eh bien! lui dit Léonard en lui frappant sur l'épaule, vous ne faites donc pas danser ma fille? Vous êtes aussi par trop timide!

— Je ne danse plus depuis que j'ai perdu ma femme, répondit le laboureur.

— Eh bien! puisque vous en recherchez une autre, le deuil est fini dans le cœur comme sur l'habit.

— Ce n'est pas une raison, père Léonard; d'ailleurs je me trouve trop vieux, je n'aime plus la danse.

— Écoutez, reprit Léonard en l'attirant dans un endroit isolé, vous avez pris du dépit en entrant chez moi, de voir la place déjà entourée d'assiégeants, et je vois que vous êtes très fier; mais ceci n'est pas raison-

nable, mon garçon. Ma fille est habituée à être courti-
sée, surtout depuis deux ans qu'elle a fini son deuil, et
ce n'est pas à elle à aller au-devant de vous.

— Il y a déjà deux ans que votre fille est à marier, et
elle n'a pas encore pris son parti? dit Germain.

— Elle ne veut pas se presser, et elle a raison. Quoiqu'elle ait la mine éveillée et qu'elle vous paraisse
peut-être ne pas beaucoup réfléchir, c'est une femme
d'un grand sens, et qui sait fort bien ce qu'elle fait.

— Il ne me semble pas, dit Germain ingénuement,
car elle a trois galants à sa suite, et si elle savait ce
qu'elle veut, il y en aurait au moins deux qu'elle trouverait de trop et qu'elle prierait de rester chez eux.

— Pourquoi donc? vous n'y entendez rien, Germain.
Elle ne veut ni du vieux, ni du borgne, ni du jeune,
j'en suis quasi certain; mais si elle les renvoyait, on
penserait qu'elle veut rester veuve, et il n'en viendrait
pas d'autre.

— Ah! oui! ceux-là servent d'enseigne!

— Comme vous dites. Où est le mal, si cela leur
convient?

— Chacun son goût! dit Germain.

— Je vois que ce ne serait pas le vôtre. Mais voyons,
on peut s'entendre, à supposer que vous soyez pré-
féré : on pourrait vous laisser la place.

— Oui, à supposer! Et en attendant qu'on puisse le
savoir, combien de temps faudrait-il rester le nez au
vent?

— Ça dépend de vous, je crois, si vous savez parler
et persuader. Jusqu'ici ma fille a très bien compris que
le meilleur temps de sa vie serait celui qu'elle passerait
à se laisser courtiser, et elle ne se sent pas pressée de devenir la servante d'un homme, quand elle peut com-
mander à plusieurs. Ainsi, tant que le jeu lui plaira
elle peut se divertir; mais si vous plaisez plus que le
jeu, le jeu pourra cesser. Vous n'avez qu'à ne pas vous

rebuter. Revenez tous les dimanches, faites-la danser, donnez à connaître que vous vous mettez sur les rangs, et si on vous trouve plus aimable et mieux appris que les autres, un beau jour on vous le dira sans doute.

— Pardon, père Léonard, votre fille a le droit d'agir comme elle l'entend, et je n'ai pas celui de la blâmer. A sa place, moi, j'agirais autrement; j'y mettrais plus de franchise et je ne ferais pas perdre du temps à des hommes qui ont sans doute quelque chose de mieux à faire qu'à tourner autour d'une femme qui se moque d'eux. Mais, enfin, si elle trouve son amusement et son bonheur à cela, cela ne me regarde point. Seulement, il faut que je vous dise une chose qui m'embarrasse un peu à vous avouer depuis ce matin, vu que vous avez commencé par vous tromper sur mes intentions, et que vous ne m'avez pas donné le temps de vous répondre : si bien que vous croyez ce qui n'est point. Sachez donc que je ne suis pas venu ici dans la vue de demander votre fille en mariage, mais dans celle de vous acheter une paire de bœufs que vous voulez conduire en foire la semaine prochaine, et que mon beau-père suppose lui convenir.

— J'entends, Germain, répondit Léonard fort tranquillement; vous avez changé d'idée en voyant ma fille avec ses amoureux. C'est comme il vous plaira. Il paraît que ce qui attire les uns rebute les autres, et vous avez le droit de vous retirer puisque aussi bien vous n'avez pas encore parlé. Si vous voulez sérieusement acheter mes bœufs, venez les voir au pâturage; nous en causerons, et, que nous fassions ou non ce marché, vous viendrez dîner avec nous avant de vous en retourner.

— Je ne veux pas que vous vous dérangiez, reprit Germain, vous avez peut-être affaire ici; moi je m'ennuie un peu de voir danser et de ne rien faire. Je vais voir vos bêtes, et je vous trouverai tantôt chez vous.

Là-dessus Germain s'esquiva et se dirigea vers les
prés, où Léonard lui avait, en effet, montré de loin
une partie de son bétail. Il était vrai que le père Maurice en avait à acheter, et Germain pensa que s'il lui
ramenait une belle paire de bœufs d'un prix modéré,
il se ferait mieux pardonner d'avoir manqué volontaire-
ment le but de son voyage.

Il marcha vite et se trouva bientôt à peu de distance
des Ormeaux. Il éprouva alors le besoin d'aller embrasser son fils, et même de revoir la petite Marie,
quoiqu'il eût perdu l'espoir et chassé la pensée de lui
devoir son bonheur. Tout ce qu'il venait de voir et
d'entendre, cette femme coquette et vaine, ce père à la
fois rusé et borné, qui encourageait sa fille dans des
habitudes d'orgueil et de déloyauté, ce luxe des villes, qui
lui paraissait une infraction à la dignité des mœurs de la
campagne, ce temps perdu à des paroles oiseuses
et niaises, cet intérieur si différent du sien, et surtout
ce malaise profond que l'homme des champs
éprouve lorsqu'il sort de ses habitudes laborieuses, tout
ce qu'il avait subi d'ennui et de confusion depuis quelques heures donnait à Germain l'envie de se retrouver
avec son enfant et sa petite voisine. N'eût-il pas été amoureux de cette dernière, il l'aurait encore cherchée
pour se distraire et remettre ses esprits dans leur assiette
accoutumée.

Mais il regarda en vain dans les prairies environnantes, il n'y trouva ni la petite Marie ni le petit Pierre :
il était pourtant l'heure où les pasteurs sont aux
champs. Il y avait un grand troupeau dans une *chôme*[1] ;
il demanda à un jeune garçon, qui le gardait, si
c'étaient les moutons de la métairie des Ormeaux.

— Oui, dit l'enfant.

— En êtes-vous le berger? est-ce que les garçons

_____

1. *Chôme* (ou « chaume ») : terrain en jachère, servant de pacage.

gardent les bêtes à laine des métairies dans votre endroit?

— Non. Je les garde aujourd'hui parce que la bergère est partie : elle était malade.

— Mais n'avez-vous pas une nouvelle bergère, arrivée de ce matin?

— Oh! bien oui! elle est déjà partie aussi.

— Comment, partie? n'avait-elle pas un enfant avec elle?

— Oui : un petit garçon qui a pleuré. Ils se sont en allés tous les deux au bout de deux heures.

— En allés, où?

— D'où ils venaient, apparemment. Je ne leur ai pas demandé.

— Mais pourquoi donc s'en allaient-ils? dit Germain de plus en plus inquiet.

— Dame! est-ce que je sais?

— On ne s'est pas entendu sur le prix? ce devait être pourtant une chose convenue d'avance.

— Je ne peux rien vous en dire. Je les ai vus entrer et sortir, voilà tout.

Germain se dirigea vers la ferme et questionna les métayers. Personne ne put lui expliquer le fait; mais il était constant qu'après avoir causé avec le fermier, la jeune fille était partie sans rien dire, emmenant l'enfant qui pleurait.

— Est-ce qu'on a maltraité mon fils? s'écria Germain dont les yeux s'enflammèrent.

— C'était donc votre fils? Comment se trouvait-il avec cette petite? D'où êtes-vous donc, et comment vous appelle-t-on?

Germain, voyant que, selon l'habitude du pays, on allait répondre à ses questions par d'autres questions, frappa du pied avec impatience et demanda à parler au maître.

Le maître n'y était pas : il n'avait pas coutume de

rester toute la journée entière quand il venait à la ferme. Il était monté à cheval, et il était parti on ne savait pour quelle autre de ses fermes.

— Mais enfin, dit Germain en proie à une vive anxiété, ne pouvez-vous savoir la raison du départ de cette jeune fille?

Le métayer échangea un sourire étrange avec sa femme, puis il répondit qu'il n'en savait rien, que cela ne le regardait pas. Tout ce que Germain put apprendre, c'est que la jeune fille et l'enfant étaient allés du côté de Fourche. Il courut à Fourche : la veuve et ses amoureux n'étaient pas de retour, non plus que le père Léonard. La servante lui dit qu'une jeune fille et un enfant étaient venus le demander, mais que, ne les connaissant pas, elle n'avait pas voulu les recevoir, et leur avait conseillé d'aller à Mers.

— Et pourquoi avez-vous refusé de les recevoir? dit Germain avec humeur. On est donc bien méfiant dans ce pays-ci, qu'on n'ouvre pas la porte à son prochain?

— Ah dame! répondit la servante, dans une maison riche comme celle-ci on a raison de faire bonne garde. Je réponds de tout quand les maîtres sont absents, et je ne peux pas ouvrir aux premiers venus.

— C'est une laide coutume, dit Germain, et j'aimerais mieux être pauvre que de vivre comme cela dans la crainte. Adieu, la fille! adieu à votre vilain pays!

Il s'enquit dans les maisons environnantes. On avait vu la bergère et l'enfant. Comme le petit était parti de Belair à l'improviste, sans toilette, avec sa blouse un peu déchirée et sa petite peau d'agneau sur le corps; comme aussi la petite Marie était, pour cause, fort pauvrement vêtue en tout temps, on les avait pris pour des mendiants. On leur avait offert du pain; la jeune fille en avait accepté un morceau pour l'enfant qui avait faim, puis elle était partie très vite avec lui, et avait gagné les bois.

Germain réfléchit un instant, puis il demanda si le
fermier des Ormeaux n'était pas venu à Fourche.

— Oui, lui répondit-on; il a passé à cheval peu d'instants après cette petite.

— Est-ce qu'il a couru après elle?

— Ah! vous le connaissez donc? dit en riant le caba-
retier de l'endroit, auquel il s'adressait. Oui, certes;
c'est un gaillard endiablé pour courir après les filles.
Mais je ne crois pas qu'il ait attrapé celle-là; quoique
après tout, s'il l'eût vue...

— C'est assez, merci! Et il vola plutôt qu'il ne courut à l'écurie de Léonard. Il jeta la bâtine sur la Grise,
sauta dessus, et partit au grand galop dans la direction
des bois de Chanteloube.

Le cœur lui bondissait d'inquiétude et de colère, la
sueur lui coulait du front. Il mettait en sang les flancs
de la Grise, qui, en se voyant sur le chemin de son
écurie, ne se faisait pourtant pas prier pour courir.

XIV

LA VIEILLE

GERMAIN se retrouva bientôt à l'endroit où il avait
passé la nuit au bord de la mare. Le feu fumait encore; une vieille femme ramassait le reste de la provision de bois mort que la petite Marie y avait entassée.
Germain s'arrêta pour la questionner. Elle était sourde,
et, se méprenant sur ses interrogations :

— Oui, mon garçon, dit-elle, c'est ici la Mare au
Diable. C'est un mauvais endroit, et il ne faut pas en
approcher sans jeter trois pierres dedans de la main
gauche, en faisant le signe de la croix de la main
droite : ça éloigne les esprits. Autrement il arrive des
malheurs à ceux qui en font le tour.

— Je ne vous parle pas de ça, dit Germain en s'ap-
prochant d'elle et en criant à tue-tête :

— N'avez-vous pas vu passer dans le bois une fille et
un enfant?

— Oui, dit la vieille, il s'est noyé un petit enfant!

Germain frémit de la tête aux pieds; mais heureusement, la vieille ajouta :

— Il y a bien longtemps de ça; en mémoire de l'accident on y avait planté une belle croix; mais, par une
belle nuit de grand orage, les mauvais esprits l'ont je-
tée dans l'eau. On peut en voir encore un bout. Si

quelqu'un avait le malheur de s'arrêter ici la nuit, il serait bien sûr de ne pouvoir jamais en sortir avant le jour. Il aurait beau marcher, marcher, il pourrait faire deux cents lieues dans le bois et se retrouver toujours à la même place.

L'imagination du laboureur se frappa malgré lui de ce qu'il entendait, et l'idée du malheur qui devait arriver pour achever de justifier les assertions de la vieille femme, s'empara si bien de sa tête, qu'il se sentit froid par tout le corps. Désespérant d'obtenir d'autres renseignements, il remonta à cheval et recommença de parcourir le bois en appelant Pierre de toutes ses forces, et en sifflant, faisant claquer son fouet, cassant les branches pour emplir la forêt du bruit de sa marche, écoutant ensuite si quelque voix lui répondait; mais il n'entendait que la cloche des vaches éparses dans les taillis, et le cri sauvage des porcs qui se disputaient la glandée.

Enfin Germain entendit derrière lui le bruit d'un cheval qui courait sur ses traces, et un homme entre deux âges, brun, robuste, habillé comme un demibourgeois, lui cria de s'arrêter. Germain n'avait jamais vu le fermier des Ormeaux; mais un instinct de rage lui fit juger de suite que c'était lui. Il se retourna, et, le toisant de la tête aux pieds, il attendit ce qu'il avait à lui dire.

— N'avez-vous pas vu passer par ici une jeune fille de quinze ou seize ans, avec un petit garçon? dit le fermier en affectant un air d'indifférence, quoiqu'il fût visiblement ému.

— Et que lui voulez-vous? répondit Germain sans chercher à déguiser sa colère.

— Je pourrais vous dire que ça ne vous regarde pas, mon camarade! mais comme je n'ai pas de raisons pour le cacher, je vous dirai que c'est une bergère que j'avais louée pour l'année sans la connaître... Quand je l'ai vue arriver, elle m'a semblé trop jeune et trop faible pour l'ouvrage de la ferme. Je l'ai remerciée, mais je voulais lui payer les frais de son petit voyage, et elle est partie fâchée pendant que j'avais le dos tourné... Elle s'est tant pressée, qu'elle a même oublié une partie de ses effets et sa bourse, qui ne contient pas grand-chose, à coup sûr; quelques sous probablement!... mais enfin, comme j'avais à passer par ici, je pensais la rencontrer et lui remettre ce qu'elle a oublié et ce que je lui dois.

Germain avait l'âme trop honnête pour ne pas hésiter en entendant cette histoire, sinon très vraisemblable, du moins possible. Il attachait un regard perçant sur le fermier, qui soutenait cette investigation avec beaucoup d'impudence ou de candeur.

— Je veux en avoir le cœur net, se dit Germain, et, contenant son indignation :

— C'est une fille de chez nous, dit-il; je la connais : elle doit être par ici... Avançons ensemble... nous la retrouverons sans doute.

— Vous avez raison, dit le fermier. Avançons... et pourtant, si nous ne la trouvons pas au bout de l'avenue, j'y renonce... car il faut que je prenne le chemin d'Ardentes.

— Oh! pensa le laboureur, je ne te quitte pas! quand même je devrais tourner pendant vingt-quatre heures avec toi autour de la Mare au Diable!

— Attendez! dit tout à coup Germain en fixant des yeux une touffe de genêts qui s'agitait singulièrement : holà! holà! Petit-Pierre, est-ce toi, mon enfant?

L'enfant, reconnaissant la voix de son père, sortit des genêts en sautant comme un chevreuil, mais quand il le vit dans la compagnie du fermier, il s'arrêta comme effrayé et resta incertain.

— Viens, mon Pierre! viens, c'est moi! s'écria le laboureur en courant après lui, et en sautant à bas de son cheval pour le prendre dans ses bras : et où est la petite Marie?

— Elle est là, qui se cache, parce qu'elle a peur de ce vilain homme noir, et moi aussi.

— Eh! sois tranquille; je suis là... Marie! Marie! c'est moi!

Marie approcha en rampant, et dès qu'elle vit Germain, que le fermier suivait de près, elle courut se jeter dans ses bras; et, s'attachant à lui comme une fille à son père :

— Ah! mon brave Germain, lui dit-elle, vous me défendrez; je n'ai pas peur avec vous.

Germain eut le frisson. Il regarda Marie : elle était pâle, ses vêtements étaient déchirés par les épines où elle avait couru, cherchant le fourré, comme une biche traquée par les chasseurs. Mais il n'y avait ni honte ni désespoir sur sa figure.

— Ton maître veut te parler, lui dit-il, en observant toujours ses traits.

— Mon maître? dit-elle fièrement; cet homme-là n'est pas mon maître et ne le sera jamais!... C'est vous, Germain, qui êtes mon maître. Je veux que vous me rameniez avec vous... Je vous servirai pour rien!

Le fermier s'était avancé, feignant un peu d'impatience.

— Hé! la petite, dit-il, vous avez oublié chez nous quelque chose que je vous rapporte.

— Nenni, Monsieur, répondit la petite Marie, je n'ai rien oublié, et je n'ai rien à vous demander...

— Écoutez un peu ici, reprit le fermier, j'ai quelque chose à vous dire moi!... Allons!... n'ayez pas peur... deux mots seulement...

— Vous pouvez les dire tout haut... je n'ai pas de secrets avec vous.

— Venez prendre votre argent, au moins.

— Mon argent? Vous ne me devez rien, Dieu merci!

— Je m'en doutais bien, dit Germain à demi-voix;
mais c'est égal, Marie... écoute ce qu'il a à te dire...
car, moi, je suis curieux de le savoir. Tu me le diras
après, j'ai mes raisons pour ça. Va auprès de son cheval... je ne te perds pas de vue.

Marie fit trois pas vers le fermier, qui lui dit, en se
penchant sur le pommeau de sa selle et en baissant la
voix :

— Petite, voilà un beau louis d'or pour toi! tu ne
diras rien, entends-tu? Je dirai que je t'ai trouvée trop
faible pour l'ouvrage de ma ferme... Et qu'il ne soit
plus question de ça... Je repasserai par chez vous un
de ces jours; et si tu n'as rien dit, je te donnerai encore quelque chose... Et puis, si tu es plus raisonnable,
tu n'as qu'à parler : je te ramènerai chez moi, ou
bien, j'irai causer avec toi à la brune dans les prés.
Quel cadeau veux-tu que je te porte?

— Voilà, monsieur, le cadeau que je vous fais, moi!
répondit à haute voix la petite Marie, en lui jetant son
louis d'or au visage, et même assez rudement. Je vous
remercie beaucoup, et vous prie, quand vous repasserez
par chez nous, de me faire avertir : tous les garçons de
mon endroit iront vous recevoir, parce que chez nous,
on aime fort les bourgeois qui veulent en conter aux
pauvres filles! Vous verrez ça, on vous attendra.

— Vous êtes une menteuse et une sotte langue! dit le
fermier courroucé, en levant son bâton d'un air de menace. Vous voudriez faire croire ce qui n'est point,
mais vous ne me tirerez pas d'argent : on connaît vos
pareilles!

Marie s'était reculée effrayée; mais Germain s'était
élancé à la bride du cheval du fermier, et le secouant
avec force :

— C'est entendu, maintenant! dit-il, et nous voyons
de quoi il retourne... A terre! mon homme! à terre! et
causons tous les deux!

Le fermier ne se souciait pas d'engager la partie : il éperonna son cheval pour se dégager, et voulut frapper de son bâton les mains du laboureur pour lui faire lâcher prise; mais Germain esquiva le coup, et, lui prenant la jambe, il le désarçonna et le fit tomber sur la fougère, où il le terrassa, quoique le fermier se fût remis sur ses pieds et se défendît vigoureusement. Quand il le tint sous lui :

— Homme de peu de cœur! lui dit Germain, je pourrais te rouer de coups si je voulais! Mais je n'aime pas à faire du mal, et d'ailleurs aucune correction n'amenderait ta conscience... Cependant, tu ne bougeras pas d'ici que tu n'aies demandé pardon, à genoux, à cette jeune fille.

Le fermier, qui connaissait ces sortes d'affaires, voulut prendre la chose en plaisanterie. Il prétendit que son péché n'était pas si grave, puisqu'il ne consistait qu'en paroles, et qu'il voulait bien demander pardon à condition qu'il embrasserait la fille, que l'on irait boire une pinte de vin au prochain cabaret, et qu'on se quitterait bons amis.

— Tu me fais peine! répondit Germain en lui poussant la face contre terre, et j'ai hâte de ne plus voir ta méchante mine. Tiens, rougis si tu peux, et tâche de prendre le chemin des *affronteux*[1] quand tu passeras par chez nous.

Il ramassa le bâton de houx du fermier, le brisa sur son genou pour lui montrer la force de ses poignets, et en jeta les morceaux au loin avec mépris.

Puis, prenant d'une main son fils, et de l'autre la petite Marie, il s'éloigna tout tremblant d'indignation.

1. « C'est le chemin qui détourne de la rue principale à l'entrée des villages et les côtoie à l'extérieur. On suppose que les gens qui craignent de recevoir quelque affront mérité le prennent pour éviter d'être vus. » (Note de George Sand.)

XV

LE RETOUR A LA FERME

Au bout d'un quart d'heure ils avaient franchi les brandes. Ils trottaient sur la grand-route, et la Grise hennissait à chaque objet de sa connaissance. Petit-Pierre racontait à son père ce qu'il avait pu comprendre dans ce qui s'était passé.

— Quand nous sommes arrivés, dit-il, cet *homme-là* est venu pour parler à *ma Marie* dans la bergerie où nous avons été tout de suite, pour voir les beaux moutons. Moi, j'étais monté dans la crèche pour jouer, et cet *homme-là* ne me voyait pas. Alors il a dit bonjour à ma Marie, et il l'a embrassée.

— Tu t'es laissé embrasser, Marie? dit Germain tout tremblant de colère.

— J'ai cru que c'était une honnêteté, une coutume de l'endroit aux arrivées, comme, chez vous, la grand-mère embrasse les jeunes filles qui entrent à son service, pour leur faire voir qu'elle les adopte et qu'elle leur sera comme une mère.

— Et puis alors, reprit Petit-Pierre, qui était fier d'avoir à raconter une aventure, cet *homme-là* t'a dit quelque chose de vilain, quelque chose que tu m'as dit de ne jamais répéter et de ne pas m'en souvenir : aussi je l'ai oublié bien vite. Cependant, si mon père veut que je lui dise ce que c'était...

— Non, mon Pierre, je ne veux pas l'entendre, et je veux que tu ne t'en souviennes jamais.

— En ce cas, je vas l'oublier encore, reprit l'enfant. Et puis alors, cet *homme-là* a eu l'air de se fâcher parce que Marie lui disait qu'elle s'en irait. Il lui a dit qu'il lui donnerait tout ce qu'elle voudrait, cent francs! Et ma Marie s'est fâchée aussi. Alors il est venu contre elle, comme s'il voulait lui faire du mal. J'ai eu peur et je me suis jeté contre Marie en criant. Alors cet *homme-là* a dit comme ça : « Qu'est-ce que c'est que ça? d'où sort cet enfant-là? Mettez-moi ça dehors. » Et il a levé son bâton pour me battre. Mais ma Marie l'a empêché, et elle lui a dit comme ça : « Nous causerons plus tard, monsieur; à présent il faut que je conduise cet enfant-là, à Fourche, et puis je reviendrai. » Et aussitôt qu'il a été sorti de la bergerie, ma Marie m'a dit comme ça : « Sauvons-nous, mon Pierre, allons-nous-en d'ici bien vite, car cet homme-là est méchant, et il ne nous ferait que du mal. » Alors nous avons passé derrière les granges, nous avons passé un petit pré, et nous avons été à Fourche pour te chercher. Mais tu n'y étais pas et on n'a pas voulu nous laisser t'attendre. Et alors cet *homme-là,* qui était monté sur son cheval noir, est venu derrière nous, et nous nous sommes sauvés plus loin, et puis nous avons été nous cacher dans le bois. Et puis il y est venu aussi, et quand nous l'entendions venir, nous nous cachions. Et puis, quand il avait passé, nous recommencions à courir pour nous en aller chez nous; et puis enfin tu es venu, et tu nous as trouvés; et voilà comme tout ça est arrivé. N'est-ce pas, Marie, que je n'ai rien oublié?

— Non, mon Pierre, et c'est la vérité. A présent, Germain, vous rendrez témoignage pour moi, et vous direz à tout le monde de chez nous que si je n'ai pas pu rester là-bas ce n'est pas faute de courage et d'envie de travailler.

— Et toi, Marie, dit Germain, je te prierai de te demander à toi-même si, quand il s'agit de défendre une femme et de punir un insolent, un homme de vingt-huit ans n'est pas trop vieux! Je voudrais un peu savoir si Bastien, ou tout autre joli garçon, riche de dix ans moins que moi, n'aurait pas été écrasé par cet *homme-là,* comme dit Petit-Pierre : qu'en penses-tu?

— Je pense, Germain, que vous m'avez rendu un grand service, et que je vous en remercierai toute ma vie.

— C'est là tout!

— Mon petit père, dit l'enfant, je n'ai pas pensé à dire à la petite Marie ce que je t'avais promis[1]. Je n'ai pas eu le temps, mais je le lui dirai à la maison, et je le dirai aussi à ma grand-mère.

Cette promesse de son enfant donna enfin à réfléchir à Germain. Il s'agissait maintenant de s'expliquer avec ses parents, et, en leur disant ses griefs contre la veuve Guérin, de ne pas leur dire quelles autres idées l'avaient disposé à tant de clairvoyance et de sévérité. Quand on est heureux et fier, le courage de faire accepter son bonheur aux autres paraît facile; mais être rebuté d'un côté, blâmé de l'autre, ne fait pas une situation fort agréable.

Heureusement, le petit Pierre dormait quand ils arrivèrent à la métairie, et Germain le déposa, sans l'éveiller, sur son lit. Puis il entra sur toutes les explications qu'il put donner. Le père Maurice, assis sur son escabeau à trois pieds, à l'entrée de la maison, l'écouta gravement, et, quoiqu'il fût mécontent du résultat de ce voyage, lorsque Germain en racontant le système de coquetterie de la veuve, demanda à son beau-père s'il avait le temps d'aller les cinquante-deux dimanches de

---

1. Cette promesse était : « Sois tranquille, mon père, je lui ferai dire oui : la petite Marie fait toujours ce que je veux. »

l'année faire sa cour, pour risquer d'être renvoyé au bout de l'an, le beau-père répondit, en inclinant la tête en signe d'adhésion : — Tu n'as pas tort, Germain; ça ne se pouvait pas. — Et ensuite, quand Germain raconta comme quoi il avait été forcé de ramener la petite Marie au plus vite pour la soustraire aux insultes, peut-être aux violences d'un indigne maître, le père Maurice approuva encore de la tête en disant : — Tu n'as pas eu tort, Germain; ça se devait.

Quand Germain eut achevé son récit et donné toutes ses raisons, le beau-père et la belle-mère firent simultanément un gros soupir de résignation, en se regardant. Puis, le chef de famille se leva en disant : — Allons! que la volonté de Dieu soit faite! l'amitié ne se commande pas!

— Venez souper, Germain, dit la belle-mère. Il est malheureux que ça ne se soit pas mieux arrangé; mais, enfin, Dieu ne le voulait pas, à ce qu'il paraît. Il faudra voir ailleurs.

— Oui, ajouta le vieillard, comme dit ma femme, on verra ailleurs.

Il n'y eut pas d'autre bruit à la maison, et quand, le lendemain, le petit Pierre se leva avec les alouettes, au point du jour, n'étant plus excité par les événements extraordinaires des jours précédents, il retomba dans l'apathie des petits paysans de son âge, oublia tout ce qui lui avait trotté par la tête, et ne songea plus qu'à jouer avec ses frères et à *faire l'homme* avec les bœufs et les chevaux.

Germain essaya d'oublier aussi, en se replongeant dans le travail; mais il devint si triste et si distrait, que tout le monde le remarqua. Il ne parlait pas à la petite Marie, il ne la regardait même pas; et pourtant, si on lui eût demandé dans quel pré elle était et par quel chemin elle avait passé, il n'était point d'heure du jour où il n'eût pu le dire s'il avait voulu répondre. Il n'avait pas osé demander à ses parents de la recueillir à la ferme pendant l'hiver, et pourtant il savait bien qu'elle devait souffrir de la misère. Mais elle n'en souffrit pas, et la mère Guillette ne put jamais comprendre comment sa petite provision de bois ne diminuait point, et comment son hangar se trouvait rempli le matin lorsqu'elle l'avait laissé presque vide le soir. Il en fut de même du blé et des pommes de terre. Quelqu'un passait par la lucarne du grenier, et vidait un sac sur le plancher sans réveiller personne et sans laisser de traces. La vieille en fut à la fois inquiète et réjouie; elle engagea sa fille à n'en point parler, disant que si on venait à savoir le miracle qui se faisait chez elle, on la tiendrait pour sorcière. Elle pensait bien que le diable s'en mêlait, mais elle n'était pas pressée de se brouiller avec lui en appelant les exorcismes du curé sur sa maison; elle se disait qu'il serait temps, lorsque Satan viendrait lui demander son âme en retour de ses bienfaits.

La petite Marie comprenait mieux la vérité, mais elle n'osait en parler à Germain, de peur de le voir revenir à son idée de mariage, et elle feignait avec lui de ne s'apercevoir de rien.

XVI

LA MÈRE MAURICE

Un jour la mère Maurice se trouvant seule dans le verger avec Germain, lui dit d'un air d'amitié : « Mon
pauvre gendre, je crois que vous n'êtes pas bien. Vous
ne mangez pas aussi bien qu'à l'ordinaire, vous ne riez
plus, vous causez de moins en moins. Est-ce que quelqu'un de chez nous, ou nous-mêmes, sans le savoir et
sans le vouloir, vous avons fait de la peine ?

— Non, ma mère, répondit Germain, vous avez toujours été aussi bonne pour moi que la mère qui m'a
mis au monde, et je serais un ingrat si je me plaignais
de vous ou de votre mari, ou de personne de la maison.

— En ce cas, mon enfant, c'est le chagrin de la mort
de votre femme qui vous revient. Au lieu de s'en aller
avec le temps, votre ennui empire et il faut absolument
faire ce que votre beau-père vous a dit fort sagement :
il faut vous remarier.

— Oui, ma mère, ce serait aussi mon idée; mais les
femmes que vous m'avez conseillé de rechercher ne me
conviennent pas. Quand je les vois, au lieu d'oublier
ma Catherine, j'y pense davantage.

— C'est qu'apparemment, Germain, nous n'avons
pas su deviner votre goût. Il faut donc que vous nous
aidiez en nous disant la vérité. Sans doute il y a quel-

que part une femme qui est faite pour vous, car le bon Dieu ne fait personne sans lui réserver son bonheur dans une autre personne. Si donc vous savez où la prendre, cette femme qu'il vous faut, prenez-la; et qu'elle soit belle ou laide, jeune ou vieille, riche ou pauvre, nous sommes décidés, mon vieux et moi, à vous donner consentement; car nous sommes fatigués de vous voir triste, et nous ne pouvons pas vivre tranquilles si vous ne l'êtes point.

— Ma mère, vous êtes aussi bonne que le bon Dieu, et mon père pareillement, répondit Germain; mais votre compassion ne peut pas porter remède à mes ennuis : la fille que je voudrais ne veut point de moi.

— C'est donc qu'elle est trop jeune? S'attacher à une jeunesse est déraison pour vous.

— Eh bien! oui, bonne mère, j'ai cette folie de m'être attaché à une jeunesse, et je m'en blâme. Je fais mon possible pour n'y plus penser; mais que je travaille ou que je me repose, que je sois à la messe ou dans mon lit, avec mes enfants ou avec vous, j'y pense toujours, je ne peux penser à autre chose.

— Alors c'est comme un sort qu'on vous a jeté, Germain? Il n'y a à ça qu'un remède, c'est que cette fille change d'idée et vous écoute. Il faudra donc que je m'en mêle, et que je voie si c'est possible. Vous allez me dire où elle est et comment on l'appelle.

— Hélas! ma chère mère, je n'ose pas, dit Germain, parce que vous allez vous moquer de moi.

— Je ne me moquerai pas de vous, Germain, parce que vous êtes dans la peine et que je ne veux pas vous y mettre davantage. Serait-ce point la Francette?

— Non, ma mère, ça ne l'est point.

— Ou la Rosette?

— Non.

— Dites donc, car je n'en finirai pas, s'il faut que je nomme toutes les filles du pays.

Germain baissa la tête et ne put se décider à répondre.

— Allons! dit la mère Maurice, je vous laisse tranquille pour aujourd'hui, Germain; peut-être que demain vous serez plus confiant avec moi, ou bien que votre belle-sœur sera plus adroite à vous questionner.

Et elle ramassa sa corbeille pour aller étendre son linge sur les buissons.

Germain fit comme les enfants qui se décident quand ils voient qu'on ne s'occupera plus d'eux. Il suivit sa belle-mère, et lui nomma enfin en tremblant *la petite Marie à la Guillette*.

Grande fut la surprise de la mère Maurice : c'était la dernière à laquelle elle eût songé. Mais elle eut la délicatesse de ne point se récrier, et de faire mentalement ses commentaires. Puis, voyant que son silence accablait Germain, elle lui tendit sa corbeille en lui disant. — Alors est-ce une raison pour ne point m'aider dans mon travail? Portez donc cette charge, et venez parler avec moi. Avez-vous bien réfléchi, Germain? êtes-vous bien décidé?

— Hélas! ma chère mère, ce n'est pas comme cela qu'il faut parler : je serais décidé si je pouvais réussir; mais comme je ne serais pas écouté, je ne suis décidé qu'à m'en guérir si je peux.

— Et si vous ne pouvez pas?

— Toute chose a son terme, mère Maurice : quand le cheval est trop chargé, il tombe; et quand le bœuf n'a rien à manger, il meurt.

— C'est donc à dire que vous mourrez, si vous ne réussissez point? A Dieu ne plaise, Germain! Je n'aime pas qu'un homme comme vous dise de ces choses-là, parce que quand il les dit il les pense. Vous êtes d'un grand courage, et la faiblesse est dangereuse chez les gens forts. Allons, prenez de l'espérance. Je ne conçois pas qu'une fille dans la misère, et à laquelle vous faites beaucoup d'honneur en la recherchant, puisse vous refuser.

— C'est pourtant la vérité, elle me refuse.

— Et quelles raisons vous en donne-t-elle?

— Que vous lui avez toujours fait du bien, que sa famille doit beaucoup à la vôtre, et qu'elle ne veut point vous déplaire en me détournant d'un mariage riche.

— Si elle dit cela, elle prouve de bons sentiments, et c'est honnête de sa part. Mais en vous disant cela, Germain, elle ne vous guérit point, car elle vous dit sans doute qu'elle vous aime, et qu'elle vous épouserait si nous le voulions?

— Voilà le pire! elle dit que son cœur n'est point porté vers moi.

— Si elle dit ce qu'elle ne pense pas, pour mieux vous éloigner d'elle, c'est une enfant qui mérite que nous l'aimions et que nous passions par-dessus sa jeunesse à cause de sa grande raison.

— Oui? dit Germain, frappé d'une espérance qu'il n'avait pas encore conçue : ça serait bien sage et bien *comme il faut* de sa part! mais si elle est si raisonnable, je crains bien que c'est à cause que je lui déplais.

— Germain, dit la mère Maurice, vous allez me promettre de vous tenir tranquillement pendant toute la semaine, de ne point vous tourmenter, de manger, de dormir, et d'être gai comme autrefois. Moi, je parlerai à mon vieux, et si je le fais consentir, vous aurez alors le vrai sentiment de la fille à votre endroit.

Germain promit; et la semaine se passa sans que le père Maurice lui dît un mot en particulier et parût se douter de rien. Le laboureur s'efforça de paraître tranquille, mais il était toujours plus pâle et plus tourmenté.

XVII

LA PETITE MARIE

Enfin, le dimanche matin, au sortir de la messe, sa belle-mère lui demanda ce qu'il avait obtenu de sa bonne amie depuis la conversation dans le verger.

— Mais, rien du tout, répondit-il. Je ne lui ai pas parlé.

— Comment donc voulez-vous la persuader si vous ne lui parlez pas?

— Je ne lui ai parlé qu'une fois, répondit Germain. C'est quand nous avons été ensemble à Fourche; et, depuis ce temps-là, je ne lui ai pas dit un seul mot. Son refus m'a fait tant de peine que j'aime mieux ne pas l'entendre recommencer à me dire qu'elle ne m'aime pas.

— Eh bien, mon fils, il faut lui parler maintenant; votre beau-père vous autorise à le faire. Allez, décidez-vous! je vous le dis, et, s'il le faut, je le veux; car vous ne pouvez pas rester dans ce doute-là.

Germain obéit. Il arriva chez la Guillette, la tête basse et l'air accablé. La petite Marie était seule au coin du feu, si pensive qu'elle n'entendit pas venir Germain. Quand elle le vit devant elle, elle sauta de sur-prise sur sa chaise, et devint toute rouge.

— Petite Marie, lui dit-il en s'asseyant auprès d'elle,

je viens te faire de la peine et t'ennuyer, je le sais
bien : mais *l'homme et la femme de chez nous* (désignant
ainsi, selon l'usage, les chefs de famille) veulent que je
te parle et que je te demande de m'épouser. Tu ne le
veux pas, toi, je m'y attends.

— Germain, répondit la petite Marie, c'est donc décidé que vous m'aimez?

— Ça te fâche, je le sais, mais ce n'est pas ma
faute : si tu pouvais changer d'avis, je serais trop content, et sans doute je ne mérite pas que cela soit.
Voyons, regarde-moi, Marie, je suis donc bien affreux?

— Non, Germain, répondit-elle en souriant, vous
êtes plus beau que moi.

— Ne te moque pas; regarde-moi avec indulgence; il
ne me manque encore ni un cheveu ni une dent. Mes
yeux te disent que je t'aime. Regarde-moi donc dans
les yeux, ça y est écrit, et toute fille sait lire dans cette
écriture-là.

Marie regarda dans les yeux de Germain avec son as-
surance enjouée; puis, tout à coup, elle détourna la
tête et se mit à trembler.

— Ah! mon Dieu! je te fais peur, dit Germain, tu
me regardes comme si j'étais le fermier des Ormeaux. Ne
me crains pas, je t'en prie, cela me fait trop de mal.
Je ne te dirai pas de mauvaises paroles, moi; je ne t'em-
brasserai pas malgré toi, et quand tu voudras que je
m'en aille, tu n'auras qu'à me montrer la porte. Voyons,
faut-il que je sorte pour que tu finisses de trembler?

Marie tendit la main au laboureur, mais sans détour-
ner sa tête penchée vers le foyer, et sans dire un mot.

— Je comprends, dit Germain; tu me plains, car tu
es bonne; tu es fâchée de me rendre malheureux :
mais tu ne peux pourtant pas m'aimer?

— Pourquoi me dites-vous de ces choses-là, Germain? répondit enfin la petite Marie, vous voulez donc
me faire pleurer?

— Pauvre petite fille, tu as bon cœur, je le sais; mais tu ne m'aimes pas, et tu me caches ta figure parce que tu crains de me laisser voir ton déplaisir et ta répugnance. Et moi! je n'ose pas seulement te serrer la main! Dans le bois, quand mon fils dormait, et que tu dormais aussi, j'ai failli t'embrasser tout doucement. Mais je serais mort de honte plutôt que de te le demander et j'ai autant souffert dans cette nuit-là qu'un homme qui brûlerait à petit feu. Depuis ce temps-là j'ai rêvé à toi toutes les nuits. Ah! comme je t'embrassais, Marie! Mais toi, pendant ce temps-là, tu dormais sans rêver. Et, à présent, sais-tu ce que je pense? c'est que si tu te retournais pour me regarder avec les yeux que j'ai pour toi, et si tu approchais ton visage du mien, je crois que je tomberais mort de joie. Et toi, tu penses que si pareille chose t'arrivait tu en mourrais de colère et de honte!

Germain parlait comme dans un rêve sans entendre ce qu'il disait. La petite Marie tremblait toujours; mais comme il tremblait encore davantage, il ne s'en apercevait plus. Tout à coup elle se retourna; elle était toute en larmes et le regardait d'un air de reproche. Le pauvre laboureur crut que c'était le dernier coup, et, sans attendre son arrêt, il se leva pour partir, mais la jeune fille l'arrêta en l'entourant de ses deux bras, et, cachant sa tête dans son sein :

— Ah! Germain, lui dit-elle en sanglotant, vous n'avez donc pas deviné que je vous aime?

Germain serait devenu fou, si son fils qui le cherchait et qui entra dans la chaumière au grand galop sur un bâton, avec sa petite sœur en croupe qui fouettait avec une branche d'osier ce coursier imaginaire, ne l'eût rappelé à lui-même. Il le souleva dans ses bras, et le mettant dans ceux de sa fiancée :

— Tiens, lui dit-il, tu as fait plus d'un heureux en m'aimant!

APPENDICE

I

LES NOCES DE CAMPAGNE

Ici fini l'histoire du mariage de Germain, telle qu'il me l'a racontée lui-même, le fin laboureur qu'il est! Je te demande pardon, lecteur ami, de n'avoir pas su te la traduire mieux; car c'est une véritable traduction qu'il faut au langage antique et naïf des paysans de la contrée que *je chante* (comme on disait jadis). Ces gens-là parlent trop français pour nous, et, depuis Rabelais et Montaigne, les progrès de la langue nous ont fait perdre bien des vieilles richesses. Il en est ainsi de tous les progrès, il faut en prendre son parti. Mais c'est encore un plaisir d'entendre ces idiotismes pittoresques régner sur le vieux terroir du centre de la France; d'autant plus que c'est la véritable expression du caractère moqueusement tranquille et plaisamment disert des gens qui s'en servent. La Touraine a conservé un certain nombre précieux de locutions patriarcales. Mais la Touraine s'est grandement civilisée avec et depuis la Renaissance. Elle s'est couverte de châteaux, de routes, d'étrangers et de mouvement. Le Berry est resté stationnaire, et je crois qu'après la Bretagne et quelques provinces de l'extrême midi de la France, c'est le pays le plus *conservé* qui se puisse trouver à l'heure qu'il est. Certaines coutumes sont si étranges, si curieu-

ses, que j'espère t'amuser encore un instant, cher lecteur, si tu permets que je te raconte en détail une noce
de campagne, celle de Germain, par exemple, à laquelle j'eus le plaisir d'assister il y a quelques années.

Car, hélas! tout s'en va. Depuis seulement que
j'existe il s'est fait plus de mouvement dans les idées et
dans les coutumes de mon village, qu'il ne s'en était
vu durant des siècles avant la Révolution. Déjà la moitié des cérémonies celtiques, païennes ou moyen âge,
que j'ai vues encore en pleine vigueur dans mon enfance, se sont effacées. Encore un ou deux ans peut-
être, et les chemins de fer passeront leur niveau sur
nos vallées profondes, emportant, avec la rapidité de la
foudre, nos antiques traditions et nos merveilleuses légendes.

C'était en hiver, aux environs du carnaval, époque
de l'année où il est séant et convenable chez nous de
faire les noces. Dans l'été on n'a guère le temps, et les
travaux d'une ferme ne peuvent souffrir trois jours de
retard, sans parler des jours complémentaires affectés à
la digestion plus ou moins laborieuse de l'ivresse morale et physique que laisse une fête. — J'étais assis sous
le vaste manteau d'une antique cheminée de cuisine,
lorsque des coups de pistolet, des hurlements de
chiens, et les sons aigus de la cornemuse m'annoncèrent l'approche des fiancés. Bientôt le père et la
mère Maurice, Germain et la petite Marie, suivis de
Jacques et de sa femme, des principaux parents respec-
tifs et des parrains et marraines des fiancés, firent leur
entrée dans la cour.

La petite Marie n'ayant pas encore reçu les cadeaux
de noces, appelés *livrées,* était vêtue de ce qu'elle avait
de mieux dans ses hardes modestes : une robe de gros
drap sombre, un fichu blanc à grands ramages de couleurs voyantes, un tablier d'*incarnat,* indienne rouge fort
à la mode alors et dédaignée aujourd'hui, une coiffe

de mousseline très blanche, et dans cette forme heureusement conservée, qui rappelle la coiffure d'Anne Boleyn et d'Agnès Sorel. Elle était fraîche et souriante,
point orgueilleuse du tout, quoiqu'il y eût bien de
quoi. Germain était grave et attendri auprès d'elle,
comme le jeune Jacob saluant Rachel aux citernes de
Laban. Toute autre fille eût pris un air d'importance et
une tenue de triomphe; car, dans tous les rangs, c'est
quelque chose que d'être épousée pour ses beaux yeux.
Mais les yeux de la jeune fille étaient humides et brillants d'amour; on voyait bien qu'elle était profondément éprise, et qu'elle n'avait point le loisir de s'occuper de l'opinion des autres. Son petit air résolu ne
l'avait point abandonnée; mais c'était toute franchise et
tout bon vouloir chez elle; rien d'impertinent dans son
succès, rien de personnel dans le sentiment de sa force.
Je ne vis oncques si gentille fiancée, lorsqu'elle répondait nettement à ses jeunes amies qui lui demandaient
si elle était contente. — Dame! bien sûr! je ne me
plains pas du bon Dieu.

Le père Maurice porta la parole; il venait faire les
compliments et invitations d'usage. Il attacha d'abord
au manteau de la cheminée une branche de laurier ornée de rubans; ceci s'appelle l'*exploit,* c'est-à-dire la lettre de faire part; puis il distribua à chacun des invités
une petite croix faite d'un bout de ruban bleu traversé
d'un autre bout de ruban rose; le rose pour la fiancée,
le bleu pour l'épouseur; et les invités des deux sexes
durent garder ce signe pour orner les uns leur cornette, les autres leur boutonnière le jour de la noce.
C'est la lettre d'admission, la carte d'entrée.

Alors le père Maurice prononça son compliment. Il
invitait le maître de la maison et toute *sa compagnie,*
c'est-à-dire tous ses enfants, tous ses parents, tous ses
amis et tous ses serviteurs, à la bénédiction, *au festin, à
la divertissance, à la dansière et à tout ce qui en suit.* Il ne

manqua pas de dire : — Je viens *vous faire l'honneur* de vous *semondre*. Locution très juste, bien qu'elle nous paraisse un contresens, puisqu'elle exprime l'idée de rendre les honneurs à ceux qu'on en juge dignes.

Malgré la libéralité de l'invitation portée ainsi de maison en maison dans toute la paroisse, la politesse, qui est grandement discrète chez les paysans, veut que deux personnes seulement de chaque famille en profitent, un chef de famille sur le ménage, un de leurs enfants sur le nombre.

Ces invitations faites, les fiancés et leurs parents allèrent dîner ensemble à la métairie.

La petite Marie garda ses trois moutons sur le communal, et Germain travailla la terre comme si de rien n'était.

La veille du jour marqué pour le mariage, vers deux heures de l'après-midi, la musique arriva, c'est-à-dire le *cornemuseux* et le *vielleux,* avec leurs instruments ornés de longs rubans flottants, et jouant une marche de circonstance, sur un rythme un peu lent pour des pieds qui ne seraient pas indigènes, mais parfaitement combiné avec la nature du terrain gras et des chemins ondulés de la contrée. Des coups de pistolet, tirés par les jeunes gens et les enfants, annoncèrent le commencement de la noce. On se réunit peu à peu, et l'on dansa sur la pelouse devant la maison pour se mettre en train. Quand la nuit fut venue, on commença d'étranges préparatifs, on se sépara en deux bandes, et quand la nuit fut close, on procéda à la cérémonie des *livrées*.

Ceci se passait au logis de la fiancée, la chaumière à la Guillette. La Guillette prit avec elle sa fille, une douzaine de jeunes et jolies *pastoures,* amies et parentes de sa fille, deux ou trois respectables matrones, voisines fortes en bec, promptes à la réplique et gardiennes rigides des anciens us. Puis elle choisit une douzaine de vigoureux champions, ses parents et amis; enfin le vieux *chanvreur* de la paroisse, homme disert et beau parleur s'il en fut.

Le rôle que joue en Bretagne le *bazvalan*[1], le tailleur du village, c'est le broyeur de chanvre ou le cardeur de laine (deux professions souvent réunies en une seule) qui le remplit dans nos campagnes. Il est de toutes les solennités tristes ou gaies, parce qu'il est essentiellement érudit et beau diseur, et dans ces occasions, il a toujours le soin de porter la parole pour accomplir dignement certaines formalités, usitées de temps immémorial. Les professions errantes, qui introduisent l'homme au sein des familles sans lui permettre de se concentrer dans la sienne, sont propres à le rendre bavard, plaisant, conteur et chanteur.

Le broyeur de chanvre est particulièrement sceptique. Lui et un autre fonctionnaire rustique, dont nous parlerons tout à l'heure, le fossoyeur, sont toujours les esprits forts du lieu. Ils ont tant parlé de revenants et ils savent si bien tous les tours dont ces malins esprits sont capables, qu'ils ne les craignent guère. C'est particulièrement la nuit que tous, fossoyeurs, chanvreurs et revenants exercent leur industrie. C'est aussi la nuit que le chanvreur raconte ses lamentables légendes. Qu'on me permette une digression...

Quand le chanvre est *arrivé* à point, c'est-à-dire suffisamment trempé dans les eaux courantes et à demi séché à la *rive,* on le rapporte dans la cour des habitations; on le place debout par petites gerbes qui, avec leurs tiges écartées du bas et leurs têtes liées en boules, ressemblent déjà passablement le soir à une longue procession de petits fantômes blancs, plantés sur leurs jambes grêles, et marchant sans bruit le long des murs.

---

1. *Bazvalan :* messager d'amour du jeune homme auprès des parents de la jeune fille.

C'est à la fin de septembre, quand les nuits sont encore tièdes, qu'à la pâle clarté de la lune on commence à broyer. Dans la journée, le chanvre a été chauffé au four; on l'en retire, le soir, pour le broyer chaud. On se sert pour cela d'une sorte de chevalet surmonté d'un levier en bois, qui, retombant sur des rainures, hache la plante sans la couper. C'est alors qu'on entend la nuit, dans les campagnes, ce bruit sec et saccadé de trois coups frappés rapidement. Puis, un silence se fait; c'est le mouvement du bras qui retire la poignée de chanvre pour la broyer sur une autre partie de sa longueur. Et les trois coups recommencent; c'est l'autre bras qui agit sur le levier, et toujours ainsi jusqu'à ce que la lune soit voilée par les premières lueurs de l'aube. Comme ce travail ne dure que quelques jours dans l'année, les chiens ne s'y habituent pas et poussent des hurlements plaintifs vers tous les points de l'horizon.

C'est le temps des bruits insolites et mystérieux dans la campagne. Les grues émigrantes passent dans des régions où, en plein jour, l'œil les distingue à peine. La nuit, on les entend seulement; et ces voix rauques et gémissantes, perdues dans les nuages, semblent l'appel et l'adieu d'âmes tourmentées qui s'efforcent de trouver le chemin du ciel, et qu'une invincible fatalité force à planer non loin de la terre, autour de la demeure des hommes; car ces oiseaux voyageurs ont d'étranges incertitudes et de mystérieuses anxiétés dans le cours de leur traversée aérienne. Il leur arrive parfois de perdre le vent, lorsque des brises capricieuses se combattent ou se succèdent dans les hautes régions. Alors on voit, lorsque ces déroutes arrivent durant le jour, le chef de file flotter à l'aventure dans les airs, puis faire volte-face, revenir se placer à la queue de la phalange triangulaire, tandis qu'une savante manœuvre de ses compagnons les ramène bientôt en bon ordre derrière lui.

Souvent, après de vains efforts, le guide épuisé renonce à conduire la caravane; un autre se présente, essaie à son tour, et cède la place à un troisième, qui retrouve le courant et engage victorieusement la marche. Mais que de cris, que de reproches, que de remontrances, que de malédictions sauvages ou de questions inquiètes sont échangés, dans une langue inconnue, entre ces pèlerins ailés!

Dans la nuit sonore, on entend ces clameurs sinistres tournoyer parfois assez longtemps au-dessus des maisons; et comme on ne peut rien voir, on ressent malgré soi une sorte de crainte et de malaise sympathique, jusqu'à ce que cette nuée sanglotante se soit perdue dans l'immensité.

Il y a d'autres bruits encore qui sont propres à ce moment de l'année, et qui se passent principalement dans les vergers. La cueille des fruits n'est pas encore faite, et mille crépitations inusitées font ressembler les arbres à des êtres animés. Une branche grince, en se courbant, sous un poids arrivé tout à coup à son dernier degré de développement; ou bien, une pomme se détache et tombe à vos pieds avec un son mat sur la terre humide. Alors vous entendez fuir, en frôlant les branches et les herbes, un être que vous ne voyez pas : c'est le chien du paysan, ce rôdeur curieux, inquiet, à la fois insolent et poltron, qui se glisse partout, qui ne dort jamais, qui cherche toujours on ne sait quoi, qui vous épie, caché dans les broussailles, et prend la fuite au bruit de la pomme tombée, croyant que vous lui lancez une pierre.

C'est durant ces nuits-là, nuits voilées et grisâtres, que le chanvreur raconte ses étranges aventures de follets et de lièvres blancs, d'âmes en peine et de sorciers transformés en loups, de sabbat au carrefour et de chouettes prophétesses au cimetière. Je me souviens d'avoir passé ainsi les premières heures de la nuit au-

tour des *broyes*[1] en mouvement, dont la percussion impi-
toyable, interrompant le récit du chanvreur à l'endroit
le plus terrible, nous faisait passer un frisson glacé
dans les veines. Et souvent aussi le bonhomme conti-
nuait à parler en broyant; et il y avait quatre à
cinq mots perdus : mots effrayants, sans doute, que
nous n'osions pas lui faire répéter, et dont l'omission
ajoutait un mystère plus affreux aux mystères déjà si
sombres de son histoire. C'est en vain que les servantes
nous avertissaient qu'il était bien tard pour rester dehors, et que l'heure de dormir était depuis longtemps
sonnée pour nous : elles-mêmes mouraient d'envie
d'écouter encore; et avec quelle terreur ensuite nous
traversions le hameau pour rentrer chez nous! comme
le porche de l'église nous paraissait profond, et l'ombre des vieux arbres épaisse et noire! Quant au cimetière, on ne le voyait point; on fermait les yeux en le
côtoyant.

Mais le chanvreur n'est pas plus que le sacristain
adonné exclusivement au plaisir de faire peur; il aime
à faire rire, il est moqueur et sentimental au besoin,
quand il faut chanter l'amour et l'hyménée; c'est lui
qui recueille et conserve dans sa mémoire les chansons
les plus anciennes, et qui les transmet à la postérité.
C'est donc lui qui est chargé, dans les noces, du personnage que nous allons lui voir jouer à la présenta-
tion des livrées de la petite Marie.

---

1. *Broyes :* instruments servant à briser la tige du chanvre.

II

LES LIVRÉES

Quand tout le monde fut réuni dans la maison, on ferma, avec le plus grand soin, les portes et les fenêtres; on alla même barricader la lucarne du grenier; on mit des planches, des tréteaux, des souches et des tables en travers de toutes les issues, comme si on se préparait à soutenir un siège; et il se fit dans cet intérieur fortifié un silence d'attente assez solennel, jusqu'à ce qu'on entendît au loin des chants, des rires, et le son des instruments rustiques. C'était la bande de l'épouseur, Germain en tête, accompagné de ses plus hardis compagnons, du fossoyeur, des parents, amis et serviteurs, qui formaient un joyeux et solide cortège.

Cependant, à mesure qu'ils approchèrent de la maison, ils se ralentirent, se concertèrent et firent silence. Les jeunes filles, enfermées dans le logis, s'étaient ménagé aux fenêtres de petites fentes, par lesquelles elles les virent arriver et se développer en ordre de bataille. Il tombait une pluie fine et froide, qui ajoutait au piquant de la situation, tandis qu'un grand feu pétillait dans l'âtre de la maison. Marie eût voulu abréger les lenteurs inévitables de ce siège en règle; elle n'aimait pas à voir ainsi se morfondre son fiancé, mais elle n'avait pas voix au chapitre dans la circonstance, et même elle devait partager ostensiblement la mutine cruauté de ses compagnes.

Quand les deux camps furent ainsi en présence, une décharge d'armes à feu, partie du dehors, mit en grande rumeur tous les chiens des environs. Ceux de la maison se précipitèrent vers la porte en aboyant, croyant qu'il s'agissait d'une attaque réelle, et les petits enfants que leurs mères s'efforçaient en vain de rassurer, se mirent à pleurer et à trembler. Toute cette scène fut si bien jouée qu'un étranger y eût été pris, et eût songé peut-être à se mettre en état de défense contre une bande de chauffeurs[1].

Alors le fossoyeur, barde et orateur du fiancé, se plaça devant la porte, et, d'une voix lamentable, engagea avec le chanvreur, placé à la lucarne qui était située au-dessus de la même porte, le dialogue suivant :

LE FOSSOYEUR

Hélas! mes bonnes gens, mes chers paroissiens, pour l'amour de Dieu, ouvrez-moi la porte.

LE CHANVREUR

Qui êtes-vous donc, et pourquoi prenez-vous la licence de nous appeler vos chers paroissiens? Nous ne vous connaissons pas.

LE FOSSOYEUR

Nous sommes d'honnêtes gens bien en peine. N'ayez peur de nous, mes amis! donnez-nous l'hospitalité. Il tombe du verglas, nos pauvres pieds sont gelés, et nous revenons de si loin que nos sabots en sont fendus.

LE CHANVREUR

Si vos sabots sont fendus, vous pouvez chercher par terre; vous trouverez bien un brin d'oisil (osier) pour faire des *arcelets* (petites lames de fer en forme d'arcs qu'on place sur les sabots fendus pour les consolider.)

---

1. *Chauffeurs :* brigands qui brûlaient les pieds de leurs victimes pour leur faire avouer où elles cachaient leur argent.

LE FOSSOYEUR

Des arcelets d'oisil, ce n'est guère solide. Vous vous moquez de nous, bonnes gens, et vous feriez mieux de nous ouvrir. On voit luire une belle flamme dans votre logis; sans doute vous avez mis la broche, et on se réjouit chez vous le cœur et le ventre. Ouvrez donc à de pauvres pèlerins qui mourront à votre porte si vous ne leur faites merci.

LE CHANVREUR

Ah! ah! vous êtes des pèlerins? vous ne nous disiez pas cela. Et de quel pèlerinage arrivez-vous, s'il vous plaît!

LE FOSSOYEUR

Nous vous dirons cela quand vous nous aurez ouvert la porte, car nous venons de si loin que vous ne voudriez pas le croire.

LE CHANVREUR

Vous ouvrir la porte? oui-da! nous ne saurions nous fier à vous. Voyons : est-ce de Saint-Sylvain de Pouligny que vous arrivez?

LE FOSSOYEUR

Nous avons été à Saint-Sylvain de Pouligny, mais nous avons été bien plus loin encore.

LE CHANVREUR

Alors vous avez été jusqu'à Sainte-Solange?

LE FOSSOYEUR

A Sainte-Solange nous avons été, pour sûr; mais nous avons été plus loin encore.

LE CHANVREUR

Vous mentez; vous n'avez même jamais été jusqu'à Sainte-Solange.

LE FOSSOYEUR

Nous avons été plus loin, car, à cette heure, nous arrivons de Saint-Jacques de Compostelle.

LE CHANVREUR

Quelle bêtise nous contez-vous? Nous ne connaissons pas cette paroisse-là. Nous voyons bien que vous êtes de mauvaises gens, des brigands, des *rien du tout* et des menteurs. Allez plus loin chanter vos sornettes; nous sommes sur nos gardes, et vous n'entrerez point céans.

LE FOSSOYEUR

Hélas! mon pauvre homme, ayez pitié de nous! Nous ne sommes pas des pèlerins, vous l'avez deviné; mais nous sommes de malheureux braconniers poursuivis par des gardes. Mêmement les gendarmes sont après nous, et, si vous ne nous faites point cacher dans votre fenil, nous allons être pris et conduits en prison.

LE CHANVREUR

Et qui nous prouvera que, cette fois-ci, vous soyez ce que vous dites? car voilà déjà un mensonge que vous n'avez pas pu soutenir.

LE FOSSOYEUR

Si vous voulez nous ouvrir, nous vous montrerons une belle pièce de gibier que nous avons tuée.

LE CHANVREUR

Montrez-la tout de suite, car nous sommes en méfiance.

LE FOSSOYEUR

Eh bien, ouvrez une porte ou une fenêtre, qu'on vous passe la bête.

LE CHANVREUR

Oh! que nenni! pas si sot! Jc vous regarde par un petit pertuis! et je ne vois parmi vous ni chasseurs, ni gibier.

Ici un garçon bouvier, trapu et d'une force herculéenne, se détacha du groupe où il se tenait inaperçu, éleva vers la lucarne une oie plumée, passée dans une forte broche de fer, ornée de bouquets de paille et de rubans.

— Oui-da! s'écria le chanvreur, après avoir passé avec précaution un bras dehors pour tâter le rôt; ceci n'est point une caille, ni une perdrix; ce n'est ni un lièvre, ni un lapin; c'est quelque chose comme une oie ou un dindon. Vraiment, vous êtes de beaux chasseurs! et ce gibier-là ne vous a guère fait courir. Allez plus loin, mes drôles! toutes vos menteries sont connues, et vous pouvez bien aller chez vous faire cuire votre souper. Vous ne mangerez pas le nôtre.

LE FOSSOYEUR

Hélas! mon Dieu, où irons-nous faire cuire notre gibier? C'est bien peu de chose pour tant de monde que nous sommes; et, d'ailleurs, nous n'avons ni feu ni lieu. A cette heure-ci toutes les portes sont fermées, tout le monde est couché; il n'y a que vous qui fassiez la noce dans votre maison, et il faut que vous ayez le cœur bien dur pour nous laisser transir dehors. Ouvrez-nous, braves gens, encore une fois; nous ne vous occasionnerons pas de dépenses. Vous voyez bien que nous apportons le rôti; seulement un peu de place à votre foyer, un peu de flamme pour le faire cuire, et nous nous en irons contents.

LE CHANVREUR

Croyez-vous qu'il y ait trop de place chez nous, et que le bois ne nous coûte rien?

LE FOSSOYEUR

Nous avons là une petite botte de paille pour faire
le feu, nous nous en contenterons; donnez-nous seulement la permission de mettre la broche en travers à
votre cheminée.

LE CHANVREUR

Cela ne sera point; vous nous faites dégoût et point
du tout pitié. M'est avis que vous êtes ivres, que vous
n'avez besoin de rien, et que vous voulez entrer chez
nous pour voler notre feu et nos filles.

LE FOSSOYEUR

Puisque vous ne voulez entendre à aucune bonne
raison, nous allons entrer chez vous par force.

LE CHANVREUR

Essayez, si vous voulez. Nous sommes assez bien
renfermés pour ne pas vous craindre. Et puisque vous
êtes insolents, nous ne vous répondrons pas davantage.

Là-dessus le chanvreur ferma à grand bruit l'huis
de la lucarne, et redescendit dans la chambre au-
dessous, par une échelle. Puis il reprit la fiancée par la
main, et les jeunes gens des deux sexes se joignant à eux,
tous se mirent à danser et à crier joyeusement tandis que
les matrones chantaient d'une voix perçante, et poussaient de grands éclats de rire en signe de mépris et de
bravade contre ceux du dehors qui tentaient l'assaut.

Les assiégeants, de leur côté, faisaient rage : ils
déchargeaient leurs pistolets dans les portes, faisaient
gronder les chiens, frappaient de grands coups sur les
murs, secouaient les volets, poussaient des cris effroya-
bles; enfin c'était un vacarme à ne pas s'entendre, une
poussière et une fumée à ne se point voir.

Pourtant cette attaque était simulée : le moment n'était pas venu de violer l'étiquette. Si l'on parvenait, en rôdant, à trouver un passage non gardé, une ouverture quelconque, on pouvait chercher à s'introduire par surprise, et alors, si le porteur de la broche arrivait à mettre son rôti au feu, la prise de possession du foyer ainsi constatée, la comédie finissait et le fiancé était vainqueur.

Mais les issues de la maison n'étaient pas assez nombreuses pour qu'on eût négligé les précautions d'usage, et nul ne se fût arrogé le droit d'employer la violence avant le moment fixé pour la lutte.

Quand on fut las de sauter et de crier, le chanvreur songea à capituler. Il remonta à sa lucarne, l'ouvrit avec précaution, et salua les assiégeants désappointés par un éclat de rire.

— Eh bien, mes gars, dit-il, vous voilà bien penauds! Vous pensiez que rien n'était plus facile que d'entrer céans, et vous voyez que notre défense est bonne. Mais nous commençons à avoir pitié de vous, si vous voulez vous soumettre et accepter nos conditions.

LE FOSSOYEUR

Parlez, mes braves gens; dites ce qu'il faut faire pour approcher de votre foyer.

LE CHANVREUR

Il faut chanter, mes amis, mais chanter une chanson que nous ne connaissions pas, et à laquelle nous ne puissions pas répondre par une meilleure.

— Qu'à cela ne tienne! répondit le fossoyeur, et il entonna d'une voix puissante :

Voilà six mois que c'était le printemps.

— *Me promenais sur l'herbette naissante,* répondit le chanvreur d'une voix un peu enrouée, mais terrible.

Vous moquez-vous, mes pauvres gens, de nous chanter une pareille vieillerie? vous voyez bien que nous vous arrêtons au premier mot!

— *C'était la fille d'un prince...*

— *Qui voulait se marier,* répondit le chanvreur. Passez, passez à une autre! nous connaissons celle-là un peu trop.

LE FOSSOYEUR

Voulez-vous celle-ci?

— *En revenant de Nantes...*

LE CHANVREUR

— *J'étais bien fatigué, voyez! J'étais bien fatigué.*

Celle-là est du temps de ma grand-mère. Voyons-en une autre!

LE FOSSOYEUR

— *L'autre jour en me promenant...*

LE CHANVREUR

— *Le long de ce bois charmant!* En voilà une qui est bête! Nos petits enfants ne voudraient pas se donner la peine de vous répondre! Quoi! voilà tout ce que vous savez?

LE FOSSOYEUR

Oh! nous vous en dirons tant que vous finirez par rester court.

Il se passa bien une heure à combattre ainsi. Comme les deux antagonistes étaient les deux plus forts du pays sur la chanson, et que leur répertoire semblait inépuisable, cela eût pu durer toute la nuit, d'autant plus que le chanvreur mit un peu de malice à laisser chanter certaines complaintes en dix, vingt ou trente couplets, feignant, par son silence, de se déclarer vaincu. Alors on triomphait dans le camp du fiancé, on chantait en chœur à pleine voix, et on croyait que cette fois la partie adverse ferait défaut; mais, à la moitié du couplet final, on entendait la voix rude et enrhumée du vieux chanvreur beugler les derniers vers; après quoi il s'écriait : — Vous n'aviez pas besoin de vous fatiguer à en dire une si longue, mes enfants! Nous la savions sur le bout du doigt!

Une ou deux fois pourtant le chanvreur fit la grimace, fronça le sourcil et se retourna d'un air désappointé vers les matrones attentives. Le fossoyeur chantait quelque chose de si vieux, que son adversaire l'avait oublié, ou peut-être qu'il ne l'avait jamais su; mais aussitôt les bonnes commères nasillaient, d'une voix aigre comme celle de la mouette, le refrain victorieux; et le fossoyeur, sommé de se rendre, passait à d'autres essais.

Il eût été trop long d'attendre de quel côté resterait la victoire. Le parti de la fiancée déclara qu'il faisait grâce à condition qu'on offrirait à celle-ci un présent digne d'elle.

Alors commença le chant des livrées sur un air solennel comme un chant d'église.

Les hommes du dehors dirent en basse-taille à l'unisson :

> Ouvrez la porte, ouvrez,
> Marie, ma mignonne,
> *J'ons* de beaux cadeaux à vous présenter.
> Hélas! ma mie, laissez-nous entrer.

A quoi les femmes répondirent de l'intérieur, et en fausset, d'un ton dolent :

> Mon père est en chagrin, ma mère en grand tristesse,
> Et moi je suis fille de trop grand merci[1]
> Pour ouvrir ma porte *à cette heure ici.*

1. *De trop grand merci :* de trop grand prix.

Les hommes reprirent le premier couplet jusqu'au quatrième vers, qu'ils modifièrent de la sorte :

J'ons un beau mouchoir à vous présenter.

Mais, au nom de la fiancée, les femmes répondirent de même que la première fois.

Pendant vingt couplets, au moins, les hommes énumérèrent tous les cadeaux de la livrée, mentionnant toujours un objet nouveau dans le dernier vers : un beau *devanteau* (tablier), de beaux rubans, un habit de drap, de la dentelle, une croix d'or, et jusqu'à *un cent d'épingles* pour compléter la modeste corbeille de la mariée. Le refus des matrones était irrévocable; mais enfin les garçons se décidèrent à parler *d'un beau mari à leur présenter,* et elles répondirent en s'adressant à la mariée, en lui chantant avec les hommes :

Ouvrez la porte, ouvrez,
Marie, ma mignonne,
C'est un beau mari qui vient vous chercher,
Allons, ma mie, laissons-les entrer.

III

LE MARIAGE

Aussitôt le chanvreur tira la cheville de bois qui fermait
la porte à l'intérieur : c'était encore, à cette époque, la
seule serrure connue dans la plupart des habitations de
notre hameau. La bande du fiancé fit irruption dans la
demeure de la fiancée, mais non sans combat; car les
garçons cantonnés dans la maison, même le vieux chanvreur et les vieilles commères se mirent en devoir de garder le foyer. Le porteur de la broche, soutenu par les
siens, devait arriver à planter le rôti dans l'âtre. Ce fut
une véritable bataille, quoiqu'on s'abstînt de se frapper
et qu'il n'y eût point de colère dans cette lutte. Mais on
se poussait et on se pressait si étroitement, et il y avait
tant d'amour-propre en jeu dans cet essai de forces mus-
culaires, que les résultats pouvaient être plus sérieux
qu'ils ne le paraissaient à travers les rires et les chansons.
Le pauvre vieux chanvreur, qui se débattait comme un
lion, fut collé à la muraille et serré par la foule, jusqu'à
perdre la respiration. Plus d'un champion renversé fut
foulé aux pieds involontairement, plus d'une main cram-
ponnée à la broche fut ensanglantée. Ces jeux sont dangereux, et les accidents ont été assez graves dans les derniers temps pour que nos paysans aient résolu de laisser
tomber en désuétude la cérémonie des livrées. Je crois

que nous avons vu la dernière à la noce de Françoise Meillant et encore la lutte ne fut-elle que simulée.

Cette lutte fut encore assez passionnée à la noce de
Germain. Il y avait une question de point d'honneur
de part et d'autre à envahir et à défendre le foyer de
la Guillette. L'énorme broche de fer fut tordue comme
une vis sous les vigoureux poignets qui se la disputaient. Un coup de pistolet mit le feu à une petite provision de chanvre en *poupées,* placée sur une claie, au
plafond. Cet incident fit diversion, et, tandis que les
uns s'empressaient d'étouffer ce germe d'incendie, le
fossoyeur, qui était grimpé au grenier sans qu'on s'en
aperçût, descendit par la cheminée, et saisit la broche
au moment où le bouvier, qui la défendait auprès de
l'âtre, l'élevait au-dessus de sa tête pour empêcher
qu'elle ne lui fût arrachée. Quelque temps avant la
prise d'assaut, les matrones avaient eu le soin d'étein-
dre le feu, de crainte qu'en se débattant auprès, quelqu'un ne vînt à y tomber et à se brûler. Le facétieux
fossoyeur, d'accord avec le bouvier, s'empara donc du
trophée sans difficulté et le jeta en travers sur les *landiers.* C'en était fait! il n'était plus permis d'y toucher.
Il sauta au milieu de la chambre et alluma un reste de
paille, qui entourait la broche, pour faire le simulacre
de la cuisson du rôti, car l'oie était en pièces et jon-
chait le plancher de ses membres épars.

Il y eut alors beaucoup de rires et de discussions
fanfaronnes. Chacun montrait les horions qu'il avait re-
çus, et comme c'était souvent la main d'un ami qui
avait frappé, personne ne se plaignit ni se querella.
Le chanvreur, à demi aplati, se frottait les reins, disant
qu'il s'en souciait fort peu, mais qu'il protestait contre
la ruse de son compère le fossoyeur, et que, s'il n'eût
été à demi mort, le foyer n'eût pas été conquis si faci-
lement. Les matrones balayaient le pavé, et l'ordre se
faisait. La table se couvrait de brocs de vin nouveau.

Quand on eut trinqué ensemble et repris haleine, le fiancé fut amené au milieu de la chambre, et, armé d'une baguette, il dut se soumettre à une nouvelle épreuve.

Pendant la lutte, la fiancée avait été cachée avec trois de ses compagnes par sa mère, sa marraine et ses tantes, qui avaient fait asseoir les quatre jeunes filles sur un banc, dans un coin reculé de la salle, et les avaient couvertes d'un grand drap blanc. Les trois compagnes avaient été choisies de la même taille que Marie, et leurs cornettes de hauteur identique, de sorte que le drap leur couvrant la tête et les enveloppant jusque par-dessous les pieds, il était impossible de les distinguer l'une de l'autre.

Le fiancé ne devait les toucher qu'avec le bout de sa baguette, et seulement pour désigner celle qu'il jugeait être sa femme. On lui donnait le temps d'examiner, mais avec les yeux seulement, et les matrones, placées à ses côtés, veillaient rigoureusement à ce qu'il n'y eût point de supercherie. S'il se trompait, il ne pouvait danser de la soirée avec sa fiancée, mais seulement avec celle qu'il avait choisie par erreur.

Germain, se voyant en présence de ces fantômes enveloppés sous le même suaire, craignait fort de se tromper; et, de fait, cela était arrivé à bien d'autres, car les précautions étaient toujours prises avec un soin consciencieux. Le cœur lui battait. La petite Marie essayait bien de respirer fort et d'agiter un peu le drap, mais ses malignes rivales en faisaient autant, poussaient le drap avec leurs doigts, et il y avait autant de signes mystérieux que de jeunes filles sous le voile. Les cornettes carrées maintenaient ce voile si également qu'il était impossible de voir la forme d'un front dessiné par ses plis.

Germain, après dix minutes d'hésitation, ferma les yeux, recommanda son âme à Dieu, et tendit la baguette au hasard. Il toucha le front de la petite Marie, qui jeta le drap loin d'elle en criant victoire. Il eut alors la permission de l'embrasser, et, l'enlevant dans ses bras robustes, il la porta au milieu de la chambre, et ouvrit avec elle le bal, qui dura jusqu'à deux heures du matin.

Alors on se sépara pour se réunir à huit heures. Comme il y avait un certain nombre de jeunes gens venus des environs, et qu'on n'avait pas de lits pour tout le monde, chaque invitée du village reçut dans son lit deux ou trois jeunes compagnes, tandis que les garçons allèrent pêle-mêle s'étendre sur le fourrage du grenier de la métairie. Vous pouvez bien penser que là ils ne dormirent guère, car ils ne songèrent qu'à se lutiner les uns les autres, à échanger des lazzis et à se conter de folles histoires. Dans les noces, il y a de rigueur trois nuits blanches, qu'on ne regrette point.

A l'heure marquée pour le départ, après qu'on eut mangé la soupe au lait relevée d'une forte dose de poivre, pour se mettre en appétit, car le repas de noces promettait d'être copieux, on se rassembla dans la cour de la ferme. Notre paroisse étant supprimée, c'est à une demi-lieue de chez nous qu'il fallait aller chercher la bénédiction nuptiale. Il faisait un beau temps frais, mais les chemins étant fort gâtés, chacun s'était muni d'un cheval, et chaque homme prit en croupe une compagne jeune ou vieille. Germain partit sur la *Grise,* qui, bien pansée, ferrée à neuf et ornée de rubans, piaffait et jetait le feu par les naseaux. Il alla chercher sa fiancée à la chaumière avec son beau-frère Jacques, lequel, monté sur la vieille *Grise,* prit la bonne mère Guillette en croupe tandis que Germain rentra dans la cour de la ferme, amenant sa chère petite femme d'un air de triomphe.

Puis la joyeuse cavalcade se mit en route, escortée par les enfants à pied, qui couraient en tirant des coups de pistolet et faisaient bondir les chevaux. La mère Maurice était montée sur une petite charrette avec les trois enfants de Germain et les ménétriers. Ils ouvraient la marche au son des instruments. Petit-Pierre était si beau que la vieille grand-mère en était tout orgueilleuse. Mais l'impétueux enfant ne tint pas longtemps à ses côtés. A un temps d'arrêt qu'il fallut faire à mi-chemin pour s'engager dans un passage difficile, il s'esquiva et alla supplier son père de l'asseoir devant lui sur la *Grise*.

— Oui-da! répondit Germain, cela va nous attirer de mauvaises plaisanteries! il ne faut point.

— Je ne me soucie guère de ce que diront les gens de Saint-Chartier, dit la petite Marie. Prenez-le, Germain, je vous en prie : je serai encore plus fière de lui que de ma toilette de noces.

Germain céda, et le beau trio s'élança dans les rangs au galop triomphant de la *Grise*.

Et, de fait, les gens de Saint-Chartier, quoique très railleurs et un peu taquins à l'endroit des paroisses environnantes réunies à la leur, ne songèrent point à rire en voyant un si beau marié, une si jolie mariée, et un enfant qui eût fait envie à la femme d'un roi. Petit-Pierre avait un habit complet de drap bleu barbeau, un gilet rouge si coquet et si court qu'il ne lui descendait guère au-dessous du menton. Le tailleur du village lui avait si bien serré les entournures qu'il ne pouvait rapprocher ses deux petits bras. Aussi comme il était fier! Il avait un chapeau rond avec une ganse noir et or, et une plume de paon sortant crânement d'une touffe de plumes de pintade. Un bouquet de fleurs plus gros que sa tête lui couvrait l'épaule, et les rubans lui flottaient jusqu'aux pieds. Le chanvreur, qui était aussi le barbier et le perruquier de l'endroit, lui avait coupé les cheveux en rond, en lui couvrant la tête d'une écuelle et retranchant tout ce qui passait, méthode infaillible pour assurer le coup de ciseau. Ainsi accoutré, le pauvre enfant était moins poétique, à coup sûr, qu'avec ses longs cheveux au vent et sa peau de mouton à la saint Jean-Baptiste; mais il n'en croyait rien, et tout le monde l'admirait, disant qu'il avait l'air d'un petit homme. Sa beauté triomphait de tout, et de quoi ne triompherait pas, en effet, l'incomparable beauté de l'enfance?

Sa petite sœur Solange avait, pour la première fois de sa vie, une cornette à la place du béguin d'indienne que portent les petites filles jusqu'à l'âge de deux ou trois ans. Et quelle cornette! plus haute et plus large que tout le corps de la pauvrette. Ainsi comme elle se trouvait belle! Elle n'osait pas tourner la tête, et se tenait toute raide, pensant qu'on la prendrait pour la mariée.

Quant au petit Sylvain, il était encore en robe, et, endormi sur les genoux de sa grand-mère, il ne se doutait guère de ce que c'est qu'une noce.

Germain regardait ses enfants avec amour, et en arrivant à la mairie, il dit à sa fiancée :

— Tiens, Marie, j'arrive là un peu plus content que le jour où je t'ai ramenée chez nous, des bois de Chanteloube, croyant que tu ne m'aimerais jamais; je te pris dans mes bras pour te mettre à terre comme à présent; mais je pensais que nous ne nous retrouverions plus jamais sur la pauvre bonne Grise avec cet enfant sur nos genoux. Tiens, je t'aime tant, j'aime tant ces pauvres petits, je suis si heureux que tu m'aimes, et que tu les aimes, et que mes parents t'aiment, et j'aime tant ta mère et mes amis, et tout le monde aujourd'hui, que je voudrais avoir trois ou quatre cœurs pour y suffire. Vrai, c'est trop peu d'un pour y loger tant d'amitiés et tant de contentement! J'en ai comme mal à l'estomac.

Il y eut une foule à la porte de la mairie et de l'église pour regarder la jolie mariée. Pourquoi ne dirions-nous pas son costume? il lui allait si bien! Sa cornette de mousseline claire et brodée partout, avait les barbes[1] garnies de dentelle. Dans ce temps-là les paysannes ne se permettaient pas de montrer un seul cheveu; et quoi-qu'elles cachent sous leurs cornettes de magnifiques chevelures roulées dans des rubans de fil blanc pour soutenir la coiffe, encore aujourd'hui ce serait une action indécente et honteuse que de se montrer aux hommes la tête nue. Cependant elles se permettent à présent de laisser sur le front un mince bandeau qui les embellit beaucoup. Mais je regrette la coiffure classique de mon temps; ces dentelles blanches à cru sur la peau avaient un caractère d'antique chasteté qui me semblait plus solennel, et quand une figure était belle ainsi, c'était d'une beauté dont rien ne peut exprimer le charme et la majesté naïve.

La petite Marie portait encore cette coiffure, et son front était si blanc et si pur, qu'il défiait le blanc du linge de l'assombrir. Quoiqu'elle n'eût pas fermé l'œil de la nuit, l'air du matin et surtout la joie intérieure d'une âme aussi limpide que le ciel, et puis encore un peu de flamme secrète, contenue par la pudeur de l'adolescence, lui faisaient monter aux joues un éclat aussi suave que la fleur du pêcher aux premiers rayons d'avril.

Son fichu blanc, chastement croisé sur son sein, ne laissait voir que les contours délicats d'un cou arrondi comme celui d'une tourterelle; son déshabillé de drap fin vert myrte dessinait sa petite taille, qui semblait parfaite, mais qui devait grandir et se développer en-core, car elle n'avait pas dix-sept ans. Elle portait un tablier de soie violet pensée, avec la bavette, que nos villageoises ont eu le tort de supprimer et qui donnait tant d'élégance et de modestie à la poitrine. Au-jourd'hui elles étalent leur fichu avec plus d'orgueil,

---

1. *Barbes :* bandes de toile qui pendent à la cornette.

mais il n'y a plus dans leur toilette cette fine fleur d'antique pudicité qui les faisait ressembler à des vierges d'Holbein. Elles sont plus coquettes, plus gracieuses. Le bon genre autrefois était une sorte de raideur sévère qui rendait leur rare sourire plus profond et plus idéal.

A l'offrande, Germain mit, selon l'usage, le *treizain,* c'est-à-dire treize pièces d'argent, dans la main de sa fiancée. Il lui passa au doigt une bague d'argent, d'une forme invariable depuis des siècles, mais que *l'alliance d'or* a remplacée désormais. Au sortir de l'église, Marie lui dit tout bas : Est-ce bien la bague que je souhaitais? celle que je vous ai demandée, Germain?

— Oui, répondit-il, celle que ma Catherine avait au doigt lorsqu'elle est morte. C'est la même bague pour mes deux mariages.

— Je vous remercie, Germain, dit la jeune femme d'un ton sérieux et pénétré. Je mourrai avec, et si c'est avant vous, vous la garderez pour le mariage de votre petite Solange.

IV

LE CHOU

On remonta à cheval et on revint très vite à Belair. Le repas fut splendide, et dura, entremêlé de danses et de chants, jusqu'à minuit. Les vieux ne quittèrent point la table pendant quatorze heures. Le fossoyeur fit la cuisine et la fit fort bien. Il était renommé pour cela, et il quittait ses fourneaux pour venir danser et chanter entre chaque service. Il était épileptique pourtant, ce pauvre père Bontemps! Qui s'en serait douté? Il était frais, fort, et gai comme un jeune homme. Un jour nous le trouvâmes comme mort, tordu par son mal dans un fossé, à l'entrée de la nuit. Nous le rapportâmes chez nous dans une brouette, et nous passâmes la nuit à le soigner. Trois jours après il était de noce, chantait comme une grive et sautait comme un cabri, se trémoussant à l'ancienne mode. En sortant d'un mariage, il allait creuser une fosse et clouer une bière. Il s'en acquittait pieusement, et quoiqu'il n'y parût point ensuite à sa belle humeur, il en conservait une impression sinistre qui hâtait le retour de son accès. Sa femme, paralytique, ne bougeait de sa chaise depuis vingt ans. Sa mère en a cent quatre, et vit encore. Mais lui, le pauvre homme, si gai, si bon, si amusant, il s'est tué l'an dernier en tombant de son grenier sur le pavé. Sans doute, il était en proie au fatal accès de son mal, et, comme d'habitude, il s'était caché dans le foin pour ne pas effrayer et affliger sa famille. Il termina ainsi, d'une manière tragique, une vie étrange comme lui-même, un mélange de choses lugubres et folles, terribles et riantes, au milieu desquelles son cœur était toujours resté bon et son caractère aimable.

Mais nous arrivons à la troisième journée des noces, qui est la plus curieuse, et qui s'est maintenue dans toute sa rigueur jusqu'à nos jours. Nous ne parlerons pas de la rôtie que l'on porte au lit nuptial; c'est un assez sot usage qui fait souffrir la pudeur de la mariée et tend à détruire celle des jeunes filles qui y assistent. D'ailleurs je crois que c'est un usage de toutes les provinces, et qui n'a chez nous rien de particulier.

De même que la cérémonie des *livrées* est le symbole de la prise de possession du cœur et du domicile de la mariée, celle du *chou* est le symbole de la fécondité de l'hymen. Après le déjeuner du lendemain de noces commence cette bizarre représentation d'origine gauloise, mais qui, en passant par le christianisme primitif, est devenue peu à peu une sorte de *mystère,* ou de moralité bouffonne du moyen âge.

Deux garçons (les plus enjoués et les mieux disposés de la bande) disparaissent pendant le déjeuner, vont se costumer, et enfin reviennent escortés de la musique, des chiens, des enfants et des coups de pistolet. Ils représentent un couple de gueux, mari et femme, couverts des haillons les plus misérables. Le mari est le plus sale des deux : c'est le vice qui l'a ainsi dégradé; la femme n'est que malheureuse et avilie par les désordres de son époux.

Ils s'intitulent le *jardinier* et la *jardinière,* et se disent préposés à la garde et à la culture du chou sacré. Mais le mari porte diverses qualifications qui toutes ont un sens. On l'appelle indifféremment le *pailloux,* parce qu'il est coiffé d'une perruque de paillé et de chanvre, et que, pour cacher sa nudité mal garantie par ses guenilles, il s'entoure les jambes et une partie du corps de paille. Il se fait aussi un gros ventre ou une bosse avec de la paille ou du foin cachés sous sa blouse. Le *peilloux,* parce qu'il est couvert de *peille* (de guenilles). Enfin, le *païen,* ce qui est plus significatif encore, parce qu'il est censé, par son cynisme et ses débauches, résumer en lui l'antipode de toutes les vertus chrétiennes.

Il arrive, le visage barbouillé de suie et de lie de vin, quelquefois affublé d'un masque grotesque. Une mauvaise tasse de terre ébréchée, ou un vieux sabot, pendu à sa ceinture par une ficelle, lui sert à demander l'aumône du vin. Personne ne lui refuse, et il feint de boire, puis il répand le vin par terre, en signe de libation. A chaque pas, il tombe, il se roule dans la boue; il affecte d'être en proie à l'ivresse la plus honteuse. Sa pauvre femme court après lui, le ramasse, appelle au secours, arrache les cheveux de chanvre qui sortent en mèches hérissées de sa cornette immonde, pleure sur l'abjection de son mari et lui fait des reproches pathétiques.

— Malheureux! lui dit-elle, vois où nous a réduits ta mauvaise conduite! J'ai beau filer, travailler pour toi, raccommoder tes habits! tu te déchires, tu te souilles sans cesse. Tu m'as mangé mon pauvre bien, nos six enfants sont sur la paille, nous vivons dans une étable avec les animaux; nous voilà réduits à demander l'aumône, et encore tu es si laid, si dégoûtant, si méprisé, que bientôt on nous jettera le pain comme à des chiens. Hélas! mes pauvres *mondes* (mes pauvres gens), ayez pitié de nous! ayez pitié de moi! Je n'ai pas mérité mon sort, et jamais femme n'a eu un mari plus malpropre et plus détestable. Aidez-moi à le ramasser, autrement les voitures l'écraseront comme un vieux tesson de bouteille, et je serai veuve, ce qui achèverait de me faire mourir de chagrin, quoique tout le monde dise que ce serait un bonheur pour moi.

Tel est le rôle de la jardinière et ses lamentations continuelles durant toute la pièce. Car c'est une véritable comédie libre, improvisée, jouée en plein air, sur les chemins, à travers champs, alimentée par tous les accidents fortuits qui se présentent, et à laquelle tout le monde prend part, gens de la noce et du dehors, hôtes des maisons et passants des chemins pendant trois ou quatre heures de la journée, ainsi qu'on va le voir. Le thème est invariable, mais on brode à l'infini sur ce thème, et c'est là qu'il faut voir l'instinct mimique, l'abondance d'idées bouffonnes, la faconde, l'esprit de répartie, et même l'éloquence naturelle de nos paysans.

Le rôle de la jardinière est ordinairement confié à un homme mince, imberbe et à teint frais, qui sait donner une grande vérité à son personnage, et jouer le désespoir burlesque avec assez de naturel pour qu'on en soit égayé et attristé en même temps comme d'un fait réel. Ces hommes maigres et imberbes ne sont pas rares dans nos campagnes, et, chose étrange, ce sont parfois les plus remarquables pour la force musculaire.

Après que le malheur de la femme est constaté, les jeunes gens de la noce l'engagent à laisser là son ivrogne de mari, et à se divertir avec eux. Ils lui offrent le bras et l'entraînent. Peu à peu elle s'abandonne, s'égaie et se met à courir, tantôt avec l'un, tantôt avec l'autre, prenant des allures dévergondées : nouvelle *moralité*, l'inconduite du mari provoque et amène celle de la femme.

Le païen se réveille alors de son ivresse, il cherche des yeux sa compagne, s'arme d'une corde et d'un bâton, et court après elle. On le fait courir, on se cache, on passe la femme de l'un à l'autre, on essaie de la distraire et de tromper le jaloux. Ses *amis* s'efforcent de l'enivrer. Enfin il rejoint son infidèle et veut la battre.

Ce qu'il y a de plus réel et de mieux observé dans cette parodie des misères de la vie conjugale, c'est que le jaloux ne s'attaque jamais à ceux qui lui enlèvent sa femme. Il est fort poli et prudent avec eux, il ne veut s'en prendre qu'à la coupable, parce qu'elle est censée ne pouvoir lui résister.

Mais au moment où il lève son bâton et apprête sa corde pour attacher la délinquante, tous les hommes de la noce s'interposent et se jettent entre les deux époux. — *Ne la battez pas! ne battez jamais votre femme!* est la formule qui se répète à satiété dans ces scènes. On désarme le mari, on le force à pardonner, à embrasser sa femme, et bientôt il affecte de l'aimer plus que jamais. Il s'en va bras dessus, bras dessous avec elle, en chantant et en dansant, jusqu'à ce qu'un nouvel accès d'ivresse le fasse rouler par terre; et alors recommencent les lamentations de la femme, son découragement, ses égarements simulés, la jalousie du mari, l'intervention des voisins, et le raccommodement. Il y a dans tout cela un enseignement naïf, grossier même, qui sent fort son origine moyen âge, mais qui fait toujours impression, sinon sur les mariés, trop amoureux ou trop raisonnables aujourd'hui pour en avoir besoin, du moins sur les enfants et les adolescents. Le païen effraie et dégoûte tellement les jeunes filles, en courant après elles et en feignant de vouloir les embrasser, qu'elles fuient avec une émotion qui n'a rien de joué. Sa face barbouillée et son grand bâton (inoffensif pourtant) font jeter les hauts cris aux marmots. C'est de la comédie de mœurs à l'état le plus élémentaire, mais aussi le plus frappant.

Quand cette farce est bien mise en train, on se dispose à aller chercher le chou. On apporte une civière sur laquelle on place le païen armé d'une bêche, d'une corde et d'une grande corbeille. Quatre hommes vigoureux l'enlèvent sur leurs épaules. Sa femme le suit à pied, les *anciens* viennent en groupe après lui d'un air grave et pensif puis la noce marche par couple au pas réglé par la musique. Les coups de pistolet recommencent, les chiens hurlent plus que jamais à la vue du païen immonde, ainsi porté en triomphe. Les enfants l'encensent dérisoirement avec des sabots au bout d'une ficelle.

Mais pourquoi cette ovation à un personnage si repoussant? On marche à la conquête du chou sacré, emblème de la fécondité matrimoniale, et c'est cet ivrogne abruti qui, seul, peut porter la main sur la plante symbolique. Sans doute il y a là un mystère antérieur au christianisme, et qui rappelle la fête des Saturnales, ou quelque bacchanale antique. Peut-être ce païen, qui est en même temps le jardinier par excellence, n'est-il rien moins que Priape en personne, le dieu des jardins et de la débauche, divinité qui dut être pourtant chaste et sérieuse dans son origine, comme le mystère de la reproduction, mais que la licence des mœurs et l'égarement des idées ont dégradée insensiblement.

Quoi qu'il en soit, la marche triomphale arrive au logis de la mariée et s'introduit dans son jardin. Là on choisit le plus beau chou, ce qui ne se fait pas vite, car les anciens tiennent conseil et discutent à perte de vue, chacun plaidant pour le chou qui lui paraît le plus convenable. On va aux voix, et quand le choix est fixé, le *jardinier* attache sa corde autour de la tige, et s'éloigne autant que le permet l'étendue du jardin. La jardinière veille à ce que, dans sa chute, le légume sacré ne soit point endommagé. Les *Plaisants* de la noce, le chanvreur, le fossoyeur, le charpentier ou le sabotier (tout ceux enfin qui ne travaillent pas la terre, et qui, passant leur vie chez les autres, sont réputés avoir, et ont réellement plus d'esprit et de babil que les simples ouvriers agriculteurs), se rangent autour du chou. L'un ouvre une tranchée à la bêche, si profonde qu'on dirait qu'il s'agit d'abattre un chêne. L'autre met sur son nez une *drogue*[1] en bois ou en carton qui simule une paire de lunettes : il fait l'office d'*ingénieur,* s'approche, s'éloigne, lève un plan, lorgne les travailleurs, tire des lignes, fait le pédant, s'écrie qu'on va tout gâter, fait abandonner et reprendre le travail selon sa fantaisie, et, le plus longuement, le plus ridiculement possible dirige la besogne. Ceci est-il une addition au formulaire antique de la cérémonie, en moquerie des théoriciens en général que le paysan coutumier méprise souverainement, ou en haine des arpenteurs qui règlent le cadastre et répartissent l'impôt, ou enfin des employés aux ponts et chaussées qui convertissent des communaux en routes, et font supprimer de vieux abus chers au paysan? Tant il y a que ce personnage de la comédie s'appelle le *géomètre,* et qu'il fait son possible pour se rendre insupportable à ceux qui tiennent la pioche et la pelle.

Enfin, après un quart d'heure de difficultés et de momeries, pour ne pas couper les racines du chou et le déplanter sans dommage, tandis que des pelletées de terre sont lancées au nez des assistants (tant pis pour qui ne se range pas assez vite; fût-il évêque ou prince, il faut qu'il reçoive le baptême de la terre), le *païen* tire la corde, la païenne tend son tablier, et le chou tombe majestueusement aux *vivats* des spectateurs. Alors on apporte la corbeille, et le couple païen y plante le chou avec toutes sortes de soins et de précautions. On l'entoure de terre fraîche, on le soutient avec des baguettes et des liens, comme font les bouquetières des villes pour leurs splendides camélias en pot; on pique des pommes rouges au bout des baguettes, des branches de thym, de sauge et de laurier tout autour; on

---

1. *Drogue :* petit morceau de bois fendu pinçant le nez que devait porter le perdant d'un jeu de cartes du même nom.

chamarre le tout de rubans et de banderoles; on re-
charge le trophée sur la civière avec le païen, qui doit
le maintenir en équilibre et le préserver d'accident, et
enfin on sort du jardin en bon ordre et au pas de
marche.

Mais là quand il s'agit de franchir la porte, de même
lorsque ensuite il s'agit d'entrer dans la cour de la maison du marié, un obstacle imaginaire s'oppose au passage. Les porteurs du fardeau trébuchent, poussent de
grandes exclamations, reculent, avancent encore, et,
comme repoussés par une force invincible, feignent de
succomber sous le poids. Pendant cela, les assistants
crient, excitent et calment l'attelage humain. — Bellement, bellement, enfant! Là, là, courage! Prenez garde!
patience! Baissez-vous. La porte est trop basse! Serrez-
vous, elle est trop étroite! un peu à gauche; à droite à
présent! allons, du cœur, vous y êtes!

C'est ainsi que dans les années de récolte abondante,
le char à bœufs, chargé outre mesure de fourrage ou
de moisson, se trouve trop large ou trop haut pour entrer sous le porche de la grange. C'est ainsi qu'on crie
après les robustes animaux pour les retenir ou les exciter, c'est ainsi qu'avec de l'adresse et de vigoureux efforts on fait passer la montagne des richesses, sans
l'écrouler, sous l'arc de triomphe rustique. C'est surtout le dernier charroi, appelé la *gerbaude,* qui demande ces précautions, car c'est aussi une fête champêtre, et la dernière gerbe enlevée au dernier sillon est
placée au sommet du char, ornée de rubans et de
fleurs, de même que le front des bœufs et l'aiguillon
du bouvier. Ainsi, l'entrée triomphale et pénible du
chou dans la maison est un simulacre de la prospérité
et de la fécondité qu'il représente.

Arrivé dans la cour du marié, le chou est enlevé et
porté au plus haut de la maison ou de la grange. S'il
est une cheminée, un pignon, un pigeonnier plus élevé

que les autres faîtes, il faut, à tout risque porter ce fardeau au point culminant de l'habitation. Le païen l'accompagne jusque-là, le fixe, et l'arrose d'un grand
broc de vin, tandis qu'une salve de coups de pistolet et
les contorsions joyeuses de la païenne signalent son
inauguration.

La même cérémonie recommence immédiatement.
On va déterrer un autre chou dans le jardin du marié
pour le porter avec les mêmes formalités sur le toit
que sa femme vient d'abandonner pour le suivre. Ces
trophées restent là jusqu'à ce que le vent et la pluie
détruisent les corbeilles et emportent le chou. Mais ils
y vivent assez longtemps pour donner quelque chance
de succès à la prédiction que font les anciens et les matrones en le saluant : — Beau chou, disent-ils, vis et
fleuris, afin que notre jeune mariée ait un beau petit
enfant avant la fin de l'année; car si tu mourais trop
vite ce serait signe de stérilité, et tu serais là-haut sur
sa maison comme un mauvais présage.

La journée est déjà avancée quand toutes ces choses
sont accomplies. Il ne reste plus qu'à faire la conduite
aux parrains et marraines des conjoints. Quand ces parents putatifs demeurent au loin, on les accompagne
avec la musique et toute la noce jusqu'aux limites de
la paroisse. Là, on danse encore sur le chemin et on
les embrasse en se séparant d'eux. Le païen et sa
femme sont alors débarbouillés et rhabillés proprem-
ment, quand la fatigue de leur rôle ne les a pas forcés
à aller faire un somme.

On dansait, on chantait, et on mangeait encore à la
métairie de Belair, ce troisième jour de noce, à minuit,
lors du mariage de Germain. Les anciens, attablés, ne
pouvaient s'en aller, et pour cause. Ils ne retrouvèrent
leurs jambes et leurs esprits que le lendemain au petit
jour. Alors, tandis que ceux-là regagnaient leurs de-
meures, silencieux et trébuchants, Germain, fier et dis-

pos, sortit pour aller lier ses bœufs, laissant sommeiller
sa jeune compagne jusqu'au lever du soleil. L'alouette,
qui chantait en montant vers les cieux, lui semblait être
la voix de son cœur rendant grâce à la Providence. Le
givre, qui brillait aux buissons décharnés, lui semblait
la blancheur des fleurs d'avril précédant l'apparition
des feuilles. Tout était riant et serein pour lui dans la
nature. Le petit Pierre avait tant ri et tant sauté la
veille, qu'il ne vint pas l'aider à conduire ses bœufs;
mais Germain était content d'être seul. Il se mit à genoux dans le sillon qu'il allait refendre, et fit la prière
du matin avec une effusion si grande que deux larmes
coulèrent sur ses joues encore humides de sueur.

On entendait au loin les chants des jeunes garçons
des paroisses voisines, qui partaient pour retourner
chez eux, et qui redisaient d'une voix un peu enrouée
les refrains joyeux de la veille.

COMMENTAIRES

par

Pierre de Boisdeffre

L'originalité de l'œuvre

Lorsque parut *La Mare au Diable* à un moment où le « paysan » était un personnage presque inconnu dans le roman français (ces « animaux farouches, répandus par la campagne, noirs et tout brûlés de soleil » dont avait parlé La Bruyère) on crut que George Sand venait d'inventer le roman de mœurs rustiques. Elle-même en doutait et, très honnêtement, protesta :

« Quand j'ai commencé, par *La Mare au Diable*, une série de romans champêtres, que je me proposais de réunir sous le titre de « Veillées du Chanvreur », je n'ai eu aucun système, aucune prétention révolutionnaire en littérature [...]. Je n'ai voulu ni faire une nouvelle langue, ni me chercher une nouvelle manière. On me l'a cependant affirmé, dans bon nombre de feuilletons. » (Notice de *La Mare au Diable*. Nohant, 12 avril 1851.)

S'il est vrai que « le roman de mœurs rustiques » a existé de tout temps et sous toutes les formes, il n'avait guère de réputation à Paris.

A l'inverse de la plupart des romanciers de son temps, George Sand n'avait pas renié ses racines. Chaque fois qu'elle le pouvait, elle revenait se mettre à l'écoute de la campagne, qu'elle adorait. A partir de 1840, elle passe le plus clair de son temps en Berry. Elle observe les paysans, elle bavarde avec eux, leur fait raconter leur histoire. Elle se déclare frappée par leur simplicité, leur désintéressement, leur gentillesse, comparés à la perfidie, à l'avidité, à l'égoïsme de tant de bourgeois, de tant d'hommes de lettres.

Comme les romantiques avaient remis les cathédrales et le Moyen Age à la mode, George Sand a réhabilité le paysan, ce grand oublié de la littérature française. Sans en faire un système, elle oppose à l'existence artificielle de la ville l'humanité profonde de la vie à la campagne :

« Le rêve de la vie champêtre a été de tout temps l'idéal des villes et même celui des cours. Je n'ai rien fait de neuf en suivant la pente qui ramène l'homme civilisé aux charmes de la vie primitive [...]. J'ai bien vu, j'ai bien senti le beau dans le simple, mais voir et peindre sont deux ! Tout ce que l'artiste peut espérer de mieux, c'est d'engager ceux qui ont des yeux à regarder aussi. »

George était trop modeste. Depuis Jean-Jacques Rousseau, nul n'avait su regarder les paysans comme elle. D'autres avaient chanté la nature. George Sand réhabilite la vie rurale, le « beau spectacle » de la campagne.

La Mare au Diable rend justice au paysan calomnié, au travail manuel. On y voit vivre des humbles qui sont de grands cœurs. George Sand les peint avec une sorte de tendresse doublée d'une volonté de réparation. Dans *Mauprat* (1837), elle va jusqu'à réhabiliter les rustres, et montre un journalier farouche apprivoisé par l'amour.

George Sand n'a pas fait du roman une simple berquinade. Elle montre des paysans proches de la nature, simples, mais non dépourvus de gauloiserie, comme on le voit dans la noce champêtre où l'hymen est célébré dans un accompagnement de gaillardises et de bouffonnerie.

Etude des personnages

Germain a trente ans. C'est un « fin laboureur » et un bon
père. Mais il ne se console pas d'avoir perdu sa jeune femme et
de devoir élever seul ses trois jeunes enfants. Son beau-père le
pousse à se remarier et le recommande à de riches fermiers.
Prenant en croupe sur sa jument « La Grise » une jeune
bergère, la petite Marie, qui, fort pauvre, doit aller se
« placer » dans une ferme, Germain s'en va donc demander la
main de la riche Catherine. Le voyage n'est pas sans aventure.
Les deux cavaliers se perdent dans le brouillard, il faut bivoua-
quer... et Germain tombe amoureux de Marie. D'ailleurs, la
jeune femme qu'on lui promettait se révélera sotte et préten-
tieuse. C'est donc Marie qu'il épousera : l'amour l'a emporté
sur l'argent. Son fils lui a ouvert les yeux : quitte à ce que son
père se remarie, il ne veut pas d'autre mère que « la petite
Marie ».

La noce champêtre, interminable, sera le couronnement de
cette idylle.

Germain, c'est le paysan un peu idéalisé de Jean-Jacques
Rousseau, l'homme que la civilisation de la ville n'a pas cor-
rompu, le laboureur honnête et fidèle, qui ne saurait avoir
qu'une femme dans sa vie.

Catherine Léonard, c'est la coquette, qu'assiègent les prétendants; Marie, la jeune fille pure, secrètement éprise, assez futée
pourtant pour faire comprendre à Germain qu'elle l'aime, mais
qu'elle risque, s'il ne la regarde pas davantage, de partir avec
Bastien, un porcher de son âge.

Malheureusement, George Sand se croit tenue d'ajouter une
morale de son cru à la vérité des choses vues. Elle peint le
paysan *tel qu'il aurait dû être,* tel qu'il n'était déjà plus; elle
ennoblit le rustique rivalisant avec Virgile, s'efforce de donner
à la vallée de l'Indre — la « Vallée Noire » — ses lettres de
noblesse littéraire.

Mais les personnages paraissent bien plus fades que les paysages comme s'ils n'étaient pas tout à fait de la même plume. Quelle poétique et précise description des environs de La Châtre ! Quel savoureux repas de noces ! Germain est trop pur ; bientôt George Sand peindra une Fadette qui ressemblera à Bécassine ! Les « touches gracieuses » et les « images douces » louées par les contemporains contrastent avec le caractère conventionnel des situations et des personnages.

C'est que George Sand peint ses paysans de manière à mettre en évidence « leurs vertus, plutôt que leurs défauts, leur malchance, plutôt que leur sottise », comme disait Aurélien de Sèze. Elle idéalise la réalité, car, pour elle, « l'art n'est pas une étude de la réalité positive ; c'est une recherche de la vérité idéale ». Point de vue discutable ! — « C'est avec les beaux sentiments qu'on fait de la mauvaise littérature », dira Gide.

Le travail de l'écrivain

A l'inverse de son ami Flaubert, qui, toujours mécontent de son ouvrage, le remet sans cesse sur le métier, on ne peut dire que George Sand donne l'impression de peiner lorsqu'elle compose. Tout au contraire ! Elle écrit au courant de la plume, suivant son imagination, accumulant les pages, sans se relire, avec une rapidité qu'on lui a souvent reprochée. Dans sa jeunesse, elle se mettait à sa table, à la nuit tombante, et elle écrivait sans arrêt jusqu'à l'aube.

A Nohant, Théophile Gautier, « écœuré », la verra terminer un roman à une heure du matin et en commencer un autre sans perdre une minute. George Sand a ainsi rédigé *La Mare au Diable* en quatre jours. D'habitude, elle s'accorde « un jour ou deux de réflexion ». Le résultat : « En quarante-cinq ans, elle écrit une centaine de romans, une cinquantaine de pièces de théâtre, un poème lyrique, des essais philosophiques, un grand nombre d'articles... » ainsi que l'écrit Françoise Mallet.

Cette réputation de « vache à écrire » (Nietzsche) la desservira auprès des *happy few*. Jules Renard l'appellera « la vache bretonne de la Littérature ».

George Sand excelle dans les descriptions. Elle a observé le travail aux champs, suivi le pas des bœufs, elle n'a pas eu de peine à retracer le sillon de la charrue, le geste du laboureur aux semailles. Le repas de noces lui a sans doute été inspiré par les noces de sa servante, Françoise Meillant, auxquelles elle a assisté.

Elle sait qu'à l'inverse d'autres provinces, le Berry rural n'a pas de véritable dialecte : seulement un patois, que fera revivre, bien plus tard, un poète comme Gabriel Nigond. Mais ce patois n'est pas sans vertus poétiques. On s'en aperçoit aujourd'hui lorsqu'on écoute un « parolier » de talent comme Jean-Louis Boncœur. G. Sand s'efforce de donner du style à ce parler populaire, de le rendre à la fois poétique et compréhensible. Elle procède à la façon de La Fontaine, créant, au XVIIe siècle, une langue archaïsante naturelle... Elle dit « pastoure » pour bergère, « un téteau de chêne » pour un chêne étêté, la « bâtine » pour la selle, le « toucheur » pour le conducteur de bœufs. Elle fausse la syntaxe, en raccourcis savoureux : « J'attendais mon petit père à passer ». Elle estropie rustiquement des mots français : « poumonique », « divertissance », « dansière ». Elle emploie des locutions fleurant le terroir : « Je viens vous faire l'honneur de vous semondre », au lieu de vous visiter. — « Tout cela sans outrance, de-ci, de-là, comme un bijou dans l'herbe. » (Paul Guth.)

Le livre et son public

Indiana (1832) avait été un succès immédiat et immense — coïncidant avec l'essor du jeune romantisme. Les livres suivants avaient déçu; *Le Compagnon du Tour de France* (1841) avait reçu un accueil réservé, plutôt frais.

Le plaidoyer contre l'inégalité du *Meunier d'Angibault* (1845) — Marcelle de Blanchemont doit perdre son argent pour devenir digne du meunier Grand-Louis — avait scandalisé les possédants sans convaincre les socialistes.

La Mare au Diable (1846) rassura : l'idéologie en était absente, les bonnes intentions évidentes. Sainte-Beuve loua fort le style de l'auteur, le naturel et la saveur de ses archaïsmes : elle avait su donner un langage à ceux qui n'en avaient pas. Le repas de noces, avec ses images « d'abondance rurale et de copieux bonheur », surtout l'enchanta. De fait, George Sand avait donné aux Parisiens une version poétique et compréhensible des mœurs rurales et du patois berrichon. La conversion de George Sand au socialisme, son enthousiasme de néophyte en 1848, refroidirent la critique. Pendant plus de dix ans, on ne la verra plus, on ne jugera plus ses romans qu'à travers le prisme déformant de la Politique. Mais ceux qui ne lui pardonneront pas d'avoir vibré au spectacle des journées de février 1848, d'avoir prêché la révolte aux ouvriers parisiens, étaient plus puissants et plus influents que ses rares lecteurs ouvriers ou ses compagnons de combat. En sens inverse, d'autres critiques, plus tard, ne lui pardonneront pas d'avoir été horrifiée par les excès de la Commune et de l'avoir proclamé. En 1854, un historien comme Charles Nisard dénonce, non sans ménagements, la mauvaise influence des romans de George Sand « sur l'esprit des campagnards ». Sous le Second Empire, malgré l'indulgence que lui témoigne l'empereur, et l'appui de Sainte-Beuve et de la princesse Mathilde, il est de bon ton de la ravaler au niveau d'Eugène Sue et d'Agricol Perdiguier. Le problème de George Sand, c'est que si elle écrit pour le peuple, ce sont les bourgeois qui la lisent. Pourtant, la trilogie de *La Mare au Diable* (1846), de *La Petite Fadette* (1849) et de *François le Champi* (1850) a généralement désarmé les censeurs. On y a vu un hymne à « l'amour chez les simples » et la critique de l'époque (Planche, Jules Janin, Sainte-Beuve) a loué le « réalisme des descriptions », la « poésie » et la « saveur » de la langue.

Devenue, avec *Les Beaux Messieurs de Bois-Doré, Le Marquis de Villemer* et *Mademoiselle de la Quintinie* « la Delly du Second Empire et de l'aurore de la IIIᵉ République » (Paul Guth), George Sand va voir le public délaisser peu à peu ses romans au fur et à mesure qu'il se passionnera pour le « roman » de sa vie. Elle mettra cependant du temps à se faire pardonner l'indélicatesse et les demi-mensonges d'*Elle et Lui*, vertement relevés par Paul de Musset (*Lui et Elle*). Jusque vers les années 1950, la sévérité l'emportera. Charles Maurras (*Les Amants de Venise*), Marie-Louise Pailleron (*George Sand,* 2 volumes, 1938-1942), auront peaufiné l'image de « l'ogresse » socialiste, habillée en garçon et fumant le cigare, « dévorant sans coup férir, de Musset à Chopin, les hommes les plus remarquables de son temps » (Kléber Haedens). Le revirement commencera avec la biographie équitable d'André Maurois (*Lélia ou la vie de George Sand,* 1952).

Pendant longtemps, ses romans paysans qui avaient lancé une mode et dont on imposait la lecture dans les pensionnats, passeront pour insupportables d'artifice et de mièvrerie. « Berquinades », « pasquinades », répétera-t-on sans aller y voir de plus près.

Mauprat, Consuelo, Le Compagnon du Tour de France et, dans une certaine mesure, *La Mare au Diable,* échappent à cette critique, car le document l'emporte sur l'églogue.

Depuis quinze ans, on constate un retour à George Sand, qui coïncide avec la défense de l'environnement et avec la vogue de l'écologie. La société post-industrielle prêche le retour à la nature. Le Berry, longtemps méconnu, devient presque à la mode. Les romans paysans de George Sand bénéficient de cette faveur; on les réédite, et l'on trouve dans leurs descriptions de la Vallée Noire, de ses chemins creux, ou des éclaircies de la forêt de Châteauroux, comme une première ébauche du *Grand Meaulnes*. D'abord cantonné « à droite » (Mistral, Barrès, Maurras), le « régionalisme » prend son essor populaire à partir de Mai 1968. Il a pour ancêtre George Sand, dont les héritiers s'appellent aujourd'hui Genevoix, Giono, Pagnol et Queffélec, Bernard Clavel et Claude Michelet, Jean-Claude Chabrol et Pierre Jakez-Hélias.

Phrases clefs — Pensées

Sur le roman :

« Pour être romancier, il faut être romanesque, comme il faut être lièvre pour devenir civet. »

« Quand j'ai commencé, par *La Mare au diable,* une série de romans champêtres, ... je n'ai eu aucun système, aucune prétention révolutionnaire en littérature. *Personne ne fait une révolution à soi tout seul.* »

La romancière et ses personnages :

« Quelques-uns diront que je suis Lélia, mais d'autres pourraient se souvenir que je fus jadis Sténio. J'ai eu aussi des jours de combat violent et d'austérité passionnée où j'ai été Magnus. Je puis être Trenmor aussi. Magnus, c'est mon enfance, Sténio ma jeunesse, Lélia est mon âge mûr, Trenmor sera ma vieillesse peut-être » *(1833).*

Sur les paysans :

« Je vois sur leurs nobles fronts le sceau du Seigneur, car ils sont nés rois de la terre, bien mieux que ceux qui la possèdent pour l'avoir payée. »

« L'homme de loisir vient chercher un peu d'air et de santé dans le séjour de la campagne, puis il retourne dépenser dans les grandes villes le fruit du travail de ses vassaux. »

« De son côté, l'homme de travail est trop accablé, trop malheureux et trop effrayé de l'avenir, pour jouir de la beauté des campagnes et des charmes de la vie rustique. »

Sur le mariage

« Le mariage sans amour, ce sont les galères à perpétuité ». Aussi faut-il l'éviter. Mais le mariage inclut la fidélité. « Si l'amour exclusif n'est pas possible toute la vie, *ce qui n'est pas prouvé,* qu'au moins il y ait une série de belles années où on le croit possible », prêche-t-elle à son fils Maurice. George Sand ira jusqu'à soupirer :
« C'est par la perfection du mariage que l'émancipation des femmes aura lieu. »

Sur l'amour

« Est-ce qu'il peut y avoir, pour les natures élevées, un amour purement physique et pour les natures sincères, un amour purement intellectuel ? »

« Il faut aimer avec tout son être, ou vivre dans une complète chasteté. »
« Si j'avais à recommencer ma vie, je serais chaste ! »

Sur la politique

« Je suis communiste comme on était chrétien en l'an 50 de notre ère. C'est pour moi l'idéal des sociétés en progrès, la religion qui vivra dans quelques siècles. » (1840)

Après la Commune :

« Apprenons à être révolutionnaires et patients, jamais terroristes... Je crois à l'avenir de l'Internationale, si, reniant les crimes... que viennent de commettre ses stupides adeptes, elle se transforme et poursuit son principe sans vouloir l'appliquer violemment. »

Pour conclure...

En 1871, elle écrit à son ami Flaubert :

« Tu veux que je dise que je me suis trompée toute ma vie ? Tu veux que je cesse d'aimer ? Tu veux que je dise que l'humanité est méprisable, haïssable, qu'elle a toujours été, qu'elle sera toujours ainsi ? Et tu me reproches ma douleur comme une faiblesse, comme le puéril regret d'une illusion perdue ? Tu affirmes que le peuple a toujours été féroce, le prêtre toujours hypocrite, le bourgeois toujours lâche, le soldat toujours brigand, le paysan toujours stupide ? Tu dis que tu savais tout cela dès ta jeunesse et tu te réjouis de n'en avoir jamais douté parce que l'âge mûr ne t'a apporté aucune déception; tu n'as donc pas été jeune ? Ah nous différons bien, car je n'ai pas cessé de l'être si c'est être jeune que d'aimer toujours... Notre vie est faite d'amour, et ne plus aimer, c'est ne plus vivre [1]. »

---

1. Lettre à Flaubert, 1871 (*Correspondance* Flaubert-Sand). Elle a soixante-sept ans lorsqu'elle écrit ces lignes.

Biobibliographie

1804 *5 juin* — Maurice Dupin, « officier d'état-major à l'armée d'Angleterre » (l'armée du Camp de Boulogne), épouse Antoinette Sophie-Victoire Delaborde, sa maîtresse depuis quatre ans. Maurice Dupin descend en ligne maternelle, « par la main gauche », de Maurice de Saxe et de l'électeur de Saxe, éphémère roi de Pologne; il est le fils du financier Dupin de Francueil.
1er juillet — Naissance, à Paris, 15, rue Meslay, d'Aurore-Lucile Dupin. (Mme Dupin mère, qui a essayé de faire annuler le mariage, élèvera l'enfant à Nohant.

1808 *17 septembre.* — Maurice Dupin tombe de cheval et se tue.

1810 — Sophie-Victoire s'installe à Paris, abandonnant l'éducation de sa fille à la grand-mère Dupin. — Aurore est élevée à Nohant avec un fils naturel de son père, Laverdure, dit Hippolyte Chatiron.

1817 — Première communion d'Aurore à La Châtre.
Novembre 1817-avril 1820. Aurore est pensionnaire au couvent des *Augustines anglaises,* rue des Fossés-Saint-Jacques, à Paris.

1820 *Mai* — Retour d'Aurore à Nohant — Lamartine publie les *Méditations poétiques.*

1821 *26 décembre* — Mort de Mme Dupin, à Nohant. — Aurore lit les poètes et les philosophes, et fréquente Stéphane Ajasson de Grandsagne.

1822 *17 septembre — Aurore Dupin épouse à Paris Casimir Dudevant,* « jeune homme mince, assez élégant, d'une figure gaie et d'une allure militaire », fils naturel du colonel Dudevant, baron d'Empire.

1823 *30 juin* — Aurore Dudevant met au monde, à Paris, son fils, Maurice Dudevant.

1825 — Mésentente conjugale. Aurore, voyageant dans les
     Pyrénées, fait, à Cauterets, la connaissance d'Aurélien de
     Sèze.

1825-1826 — Les époux Dudevant séjournent à Guillery, chez
     le colonel Dudevant, père de Casimir.

1826 *20 février* — Mort du baron Dudevant. — *Cinq-Mars*
     de Vigny.

1826-1829 — Aurore, devenue la maîtresse d'Ajasson de
     Grandsagne, séjourne à Nohant. Parmi ses amis les plus
     intimes : Duvernet, Fleury, Jules Néraud.

1828 *13 septembre* — *Naissance de Solange Dudevant.*

1829 — George Sand écrit un premier roman : *La Marraine.*

1830 — *Liaison avec Jules Sandeau.* — Les « Trois
     Glorieuses » — La bataille d'*Hernani.*

1831 — Séparée de Casimir, Aurore rejoint « le petit Jules » à
     Paris. Elle écrit, en collaboration avec Sandeau, plusieurs
     nouvelles et deux romans.
     24 décembre — *Rose et Blanche* paraît, en 5 volumes,
     sous la signature J. Sand.

1832 — Rentrée à Nohant, Aurore écrit — et signe — seule
     les 2 volumes d'*Indiana*; puis *Valentine.*

1833 — Amitié passionnée avec Marie Dorval.
     29 juillet — Séparée de Sandeau, Aurore — devenue
     pour tous George Sand — se donne à Musset. — Elle
     écrit *Lélia* qui paraît le 10 août, en 2 volumes.
     Eugénie Grandet de Balzac.

1834 *Janvier-mars* — George et Alfred de Musset cachent
     leurs amours à Venise. Dans une chambre de l'hôtel
     Danieli, George trompe Musset, malade, avec le médecin
     Pagello.
     Juillet — George quitte Venise avec Pagello.
     Balzac publie *Le Père Goriot*, Lamennais les *Paroles
     d'un croyant.*

1835 — *Fin de la liaison avec Musset.* Rencontre de Michel
     de Bourges.

11 mai — *Séparation judiciaire des époux Dudevant.*
— Double liaison avec Charles Didier et avec Michel de
Bourges. — A partir d'août : vie commune avec Liszt et
Marie d'Agoult.

1837 — George Sand écrit, à Nohant, *Mauprat.* — Elle prend
tour à tour pour amants : Bocage, Mallefille, Pierre
Leroux.

1838 — Séjour de Balzac à Nohant.
1er novembre — Début de la *liaison avec Chopin.*
George Sand et Chopin s'embarquent, à Port-Vendres,
pour Majorque, via Barcelone. Maladie de Chopin.

1839 *24 février.* Retour en France. — Séjours à Paris et à
Nohant.
Stendhal publie *La Chartreuse de Parme.*

1840 *29 avril* — Première représentation, au Théâtre-Français,
de *Cosima,* drame en cinq actes : première pièce (et
premier « four ») de George Sand.
12 décembre — Parution (en 2 volumes) du *Compagnon
du Tour de France.* Accueil réservé du public.
Port-Royal de Sainte-Beuve.

1841 *Juin-octobre* — Chopin séjourne à Nohant.
Novembre — Premier numéro de *La Revue indépen-
dante,* fondée par George Sand, Pierre Leroux et Pauline
Viardot.

1842 — Parution dans *La Revue indépendante,* de *Consuelo.*
Balzac publie *La Comédie humaine.*

1844 *14 septembre* — Aidée par Jules Néraud et par plusieurs
amis « républicains », George Sand lance *L'Eclaireur de
l'Indre,* dont le premier secrétaire est Charles Baudelaire
(il y restera trois semaines).

1845 *Janvier-mars* — A partir du 21 janvier, *Le Meunier
d'Angibault* (dont le premier titre était : *Le Prolétaire*)
paraît dans *La Réforme.*
Octobre — George Sand écrit en quatre jours *La Mare
au Diable.*

Dumas : Le comte de *Monte-Cristo*. Mort de Chateaubriand.

1846 *6 février* — Publication de *La Mare au Diable* dans *Le Courrier français*.

Balzac publie *La Cousine Bette*.

1847 *19 mai* — Solange Dudevant épouse, à Nohant, le sculpteur Clésinger.

   3 juillet — G. Sand publie, dans *L'Illustration*, le premier de ses articles consacrés au Berry. — *Rupture avec Chopin*. George collabore à *L'Illustration*.

1848 — *Révolution de février :* avènement de la IIe République. *George Sand se passionne pour la Révolution.* Entre le 3 et le 19 mars, elle publie une *Lettre à la classe moyenne*, deux *Lettres au peuple* (7-19 mars) et une *Lettre aux riches*.

   9 avril — George fonde *La Cause du peuple* (3 numéros); elle rédige la plupart des *Bulletins de la République*.

   17 mai — Suspecte de « gauchisme », George Sand se réfugie à Nohant.

Ecrasement de la révolte ouvrière.

   Août — George Sand écrit à Nohant *La Petite Fadette*, qui paraîtra dans *Le Crédit*, en décembre, et *L'Histoire de France écrite sous la dictée de Blaise Bonnin*.

   25 novembre — Première, à l'Odéon, de *François le Champi*.

   Décembre — *La Petite Fadette* commence à paraître dans *Le Crédit* — George Sand contribue au lancement du *Travailleur de l'Indre*; elle reprend la rédaction de ses *Mémoires*.

Louis-Napoléon Bonaparte est élu président de la République en décembre.

1850 — Liaison avec le graveur Alexandre Manceau.

1851 *11 janvier* — *Claudie* triomphe au théâtre de la Porte Saint-Martin — La chambre des marionnettes, à Nohant, devient une salle de théâtre.

26 novembre — Triomphe du *Mariage de Victorine,* comédie en 3 actes, au gymnase. Le coup d'Etat du 2 décembre interrompt les représentations.

Louis-Napoléon, président élu de la République, confisque tous les pouvoirs par un coup d'Etat.

1852 *30 janvier* — Craignant d'être déportée, George Sand plaide sa cause et celle de ses amis auprès du Prince-Président. Ses amis républicains, dont Ledru-Rollin et Néraud, la désavouent — Echec des *Vacances de Pandolphe* au théâtre du Gymnase.

1853 *Avril* — George Sand écrit à Nohant *Les Maîtres sonneurs,* qui paraissent en juin dans *Le Constitutionnel.*

28 novembre — *Mauprat,* drame en cinq actes, est joué à l'Odéon.

1854 *5 octobre-17 août* 1855 : *L'Histoire de ma vie* paraît dans *La Presse.*

1855 *13 janvier* — Nini Clésinger (deux ans) meurt de la scarlatine.

Février-mai — Voyage en Italie avec Manceau.

1856 — Trois pièces jouées à Paris; succès médiocre.

Hugo publie *Les Contemplations.*

1857 *1er octobre* — *La Presse* commence la publication des *Beaux Messieurs de Bois-Doré.* — Manceau achète une maison à Gargilesse.

Parution des *Fleurs du mal* et de *Madame Bovary.*

1858 — George Sand écrit à Gargilesse *L'Homme de neige* (que publie *La Revue des Deux Mondes*) et *Elle et Lui.*

1859 *15 janvier-1er mars* — *Elle et Lui* paraît dans *La Revue des Deux Mondes.*

Hugo publie *La Légende des siècles.*

1860 *15 juillet-15 septembre* — Parution, dans *La Revue des Deux Mondes,* du *Marquis de Villemer.*

Octobre-novembre — Grave maladie.

1861 *Février-juin* — Séjour dans le Midi; retour par la Savoie.

Juillet-août — Dumas fils séjourne à Nohant.

1862 *17 mai* — Maurice Dudevant épouse, à la mairie de Nohant, Gina Calamatta. — Fromentin séjourne à Nohant, où l'on joue *Jean le Rebâteux*.
Renan publie *La Vie de Jésus*.

1863 *1ᵉʳ mars-15 mai* — *Mademoiselle de la Quintinie* paraît dans *La Revue des Deux Mondes*. — Manceau est atteint de tuberculose.

1864 *29 février* — *Le Marquis de Villemer* est joué à l'Odéon : « succès inouï, insensé ».
1ᵉʳ août-1ᵉʳ novembre — *La Revue des Deux Mondes* publie *La Confession d'une jeune fille*. — Liaison avec Marchal.

1865 *1ᵉʳ août* — *La Revue des Deux Mondes* publie *Monsieur Sylvestre*.
21 août — Mort de Manceau — George Sand prend part, à Paris, avec Flaubert, Renan, Sainte-Beuve, les Goncourt aux « dîners Magny ».
Mallarmé : *L'Après-midi d'un Faune*.

1866 *10 janvier* — Naissance d'Aurore Dupin, fille de Maurice, qui sera l'unique héritière de George Sand. — Amitié avec Flaubert, chez qui George séjourne à Croisset.

1867-1869 — George Sand séjourne l'hiver à Paris et l'été à Nohant.

1869 *15 septembre* — *La Petite Fadette* est jouée à l'Opéra-comique.
Flaubert publie L'*Education sentimentale*.

1871 La Commune fait horreur à George Sand.
8 mars — *Mort de Casimir Dudevant*.

1873 *Avril* — Flaubert et Tourgueniev séjournent à Nohant.
Rimbaud publie *Une Saison en enfer*.

1874-1875 — Vie à Nohant; brefs séjours à Paris. « Malade tout l'été », George « travaille d'autant plus ». Elle lit Zola et Daudet.

1876 *11-12 mai* — Dernières représentations du Théâtre des Marionnettes à Nohant (écho dans *Le Temps*).

8 juin — George Sand meurt à Nohant, d'une occlusion intestinale, que le docteur Péan a jugée inopérable.

10 juin — Obsèques religieuses, en présence du prince Napoléon, et d'une nombreuse assistance : Renan, Flaubert, Dumas fils, Paul Meurice... sont venus de Paris, George est, comme elle l'avait souhaité, inhumée dans le petit jardin de Nohant.

TABLE

Table 168

COMMENTAIRES

« Composition réalisée par INFORMATYPE SERVICE »

IMPRIMÉ EN FRANCE PAR BRODARD ET TAUPIN
7, bd Romain-Rolland - Montrouge - Usine de La Flèche.
LIBRAIRIE GÉNÉRALE FRANÇAISE.

ISBN : 2 - 253 - 00709 - 9　　✠ 30/3551/6